# La souveraine déchue

CAITLIN CREWS

# La souveraine déchue

*Traduction française de*
ÉLISABETH MARZIN

AZUR
HARLEQUIN

*Collection :* Azur

*Titre original :*
RECLAIMING HIS RUINED PRINCESS



**HARPERCOLLINS FRANCE**
83-85, boulevard Vincent-Auriol, 75646 PARIS CEDEX 13
Service Lectrices — Tél. : 01 45 82 47 47 - www.harlequin.fr
ISBN 978-2-2804-8401-5 — ISSN 0993-4448

Composé et édité par HarperCollins France.
Imprimé en mars 2023 par CPI Black Print (Barcelone)
en utilisant 100% d'électricité renouvelable.
Dépôt légal : avril 2023.

FSC www.fsc.org
MIXTE
Papier issu de sources responsables
FSC® C159065

Pour limiter l'empreinte environnementale de ses livres, HarperCollins France s'engage à n'utiliser que du papier fabriqué à partir de bois provenant de forêts gérées durablement et de manière responsable.

# 1.

Ce fut seulement lorsqu'elle en fut privée qu'Amalia Montaigne se rendit compte qu'elle aimait sa vie.

En tant que princesse héritière d'Île d'Montagne, un minuscule royaume insulaire de la Méditerranée, elle avait grandi sous le regard scrutateur de ses amis comme sous celui de ses ennemis et des paparazzis, alors qu'elle apprenait à marcher dans les pas de sa redoutable mère, la reine Esme.

Jusque-là, sa principale préoccupation avait été d'essayer de se ménager, dans cette existence exposée aux yeux de tous, un espace dans lequel elle pourrait être elle-même. Pas la princesse, prisonnière du devoir et des conventions. Pas le personnage public, propriété de tous. Mais une femme avec une vie privée bien à elle, même si celle-ci devait rester secrète.

Cependant, son unique expérience en la matière s'était mal terminée. Et d'après ce qu'elle savait, sa mère avait renoncé depuis très longtemps à toute vie privée pour servir la couronne. Esme ne parlait que de son trône, de son héritage. S'il lui arrivait de penser à autre chose, elle le gardait pour elle. Elle ne se comportait jamais comme une mère mais comme une reine.

Amalia s'était promis de ne pas suivre son exemple. Si elle comptait bien accomplir son devoir et remplir toutes ses obligations, elle tenait également à se préserver une bulle de liberté dans laquelle elle pourrait s'épanouir. Elle n'avait pas encore réussi à atteindre cet objectif, mais à présent ça n'avait plus d'importance.

La vérité avait éclaté, stupéfiant le monde et bouleversant sa vie.

La princesse Amalia d'Île d'Montagne avait été échangée à la naissance – trois jours après sa naissance, très précisément – avec un autre bébé. Or cette autre fille, qui avait grandi dans une ferme du Kansas mais qui était la véritable héritière du trône, avait épousé le chef des rebelles qui s'opposaient à la famille royale d'Île d'Montagne depuis des siècles.

Amalia secoua la tête. Elle avait encore du mal à y croire… Non seulement elle n'était pas la princesse héritière appelée à succéder à la reine mais, le moment venu, la véritable princesse monterait sur le trône en compagnie de l'ennemi juré de la famille Montaigne.

Ce qui équivalait à un coup d'État pacifique au ralenti, qui provoquerait une transformation irréversible de la petite nation. Transformation déjà entamée.

Cependant, tout cela ne la concernait plus. Elle continuait à faire la une des journaux, mais cela ne durerait sans doute plus très longtemps. La fascination qu'elle exerçait encore s'estomperait très vite et l'attention du public se reporterait sur de véritables princesses, y compris celle dont elle avait occupé la place involontairement pendant des années.

Bien sûr, son nom ressortirait dans la presse de temps en temps pour relancer les ventes, y compris et surtout lorsque Delaney Clark, la véritable héritière, deviendrait reine. Et plus elle serait tombée dans l'oubli entre-temps, plus les lecteurs de tabloïds se réjouiraient.

Les commentaires iraient bon train dans les transports ou dans la queue au supermarché. « Tu te rends compte qu'elle a failli être reine ? »

Pour la première fois de sa vie, Amalia avait le choix de son avenir. Elle pouvait devenir absolument n'importe qui.

Pour l'instant, elle avait avant tout conscience d'être une jeune femme de vingt-cinq ans, complètement désorientée depuis que son destin n'était plus tout tracé, étape par étape, jusqu'à sa mort. Depuis qu'elle n'avait plus rien d'autre à faire qu'être elle-même.

Mais qui était-elle ?

— Êtes-vous prête ?

Amalia sourit à l'assistante qui se trouvait avec elle dans le petit hall que la famille royale empruntait pour entrer et sortir discrètement du palais, à l'abri des objectifs des paparazzis. Comme elle, cette femme impassible jouait la comédie.

L'assistante faisait comme s'il était tout à fait normal que l'ex-future reine s'esquive ce soir, scandaleusement seule, sans personne pour lui dire adieu.

De son côté, Amalia feignait de prendre son changement de vie avec sérénité. Mais que faire d'autre ?

Se révolter ne lui vaudrait que du mépris et de la pitié. Or elle pouvait sans doute supporter n'importe quoi sauf la pitié. Heureusement, sa mère ne lui en avait témoigné aucune. Elle n'y aurait sans doute pas survécu.

Quant au mépris, après avoir été sous les projecteurs toute sa vie, elle était immunisée contre. Mais peut-être qu'en tant que femme ordinaire elle y deviendrait sensible ?

De toute façon, il valait mieux faire bonne figure.

Et dans la mesure du possible ne pas trop réfléchir

à tout cela pendant qu'elle se trouvait encore au palais. Le palais dans lequel elle avait grandi et où elle s'était toujours considérée comme chez elle.

La priorité était d'arborer un air digne. Nul doute que son attitude au cours des derniers instants précédant son départ serait décrite et disséquée dans tous les médias.

Même si l'assistante restait très professionnelle en sa présence, des indiscrétions étaient toujours à craindre.

Amalia croisa les mains devant elle et pressa sa langue contre son palais pour fignoler son sourire poli. Elle avait pris l'habitude de penser à ce genre d'astuces lors de ses apparitions publiques, toujours déterminée à ce que sa mère soit fière d'elle.

Sauf que la reine Esme d'Île d'Montagne n'était pas sa mère.

Comme c'était difficile à croire… Elle était encore obligée de se le rappeler régulièrement. La reine Esme n'était pas sa mère. C'était comme si les vingt-cinq années qu'elles avaient passées ensemble n'avaient pas existé. Quelques tests sanguins avaient suffi à effacer leur relation.

C'était stupéfiant. Ahurissant. Impossible à comprendre réellement.

Parce que, au début, la reine était méfiante.

— Le trône d'Île d'Montagne renversé par ces parvenus ? Moi vivante, jamais, avait-elle affirmé.

— Si c'est un coup monté, il est assez sophistiqué, avait commenté Amalia.

Elle gardait un souvenir très précis de cet instant. Esme et elle prenaient leur petit déjeuner ensemble, une habitude ancienne.

Elles étaient installées dans le salon privé de la reine, qui pouvait ainsi fulminer contre ses ennemis – le plus souvent les rebelles de la montagne, mais parfois également la presse européenne, pas assez respectueuse à son goût.

C'était aussi pour elle l'occasion de faire à Amalia de grands exposés au cours desquels elle lui expliquait ses plans pour lui trouver un mari. Ou bien de se livrer à une critique approfondie de sa dernière apparition publique. Entre autres.

Amalia avait appris depuis longtemps à discerner quand traiter ces exposés comme des conversations et quand se contenter d'écouter Sa Majesté sa mère monologuer.

— Sophistiqué n'est pas le terme que j'emploierais pour qualifier ce complot ourdi par Cayetano Arcieri, avait répliqué Esme d'un ton dédaigneux. Cet imposteur inventerait n'importe quoi pour usurper mon titre.

Cayetano, chef de guerre rebelle et bête noire de la famille royale, avait pourtant bien manœuvré.

Il avait épousé sa fausse fermière en secret, dans sa forteresse dissimulée dans la montagne. Puis, une fois que la véritable princesse avait été unie à lui pour toujours, il avait donné une interview dévastatrice à la télévision britannique.

Devant les caméras, il avait déclaré d'un air dégagé – comme si cette information n'était qu'un détail insignifiant qu'il avait failli oublier de mentionner – que la femme qu'il venait d'épouser était la fille de la reine Esme.

Esme, que sa grossesse pathologique avait obligée à se faire hospitaliser aux États-Unis, afin d'être suivie dans l'unique service spécialisé dans le syndrome rare dont elle était affectée.

Elle y avait accouché en même temps que l'autre

mère. *Ma vraie mère*, comme s'efforçait de se rappeler Amalia. L'infirmière soupçonnée d'avoir commis l'erreur ayant abouti à l'échange des bébés ne pouvait plus se défendre. Elle était décédée depuis des années.

« Deux bébés échangés dans un hôpital », avait commenté Cayetano pendant cette interview avec le charme désinvolte qui le caractérisait lors de ses apparitions dans les médias. En chair et en os, Amalia l'avait toujours trouvé peu engageant. Très froid et très… chef de guerre.

Étant donné qu'il avait passé la plus grande partie de sa vie à cultiver des relations dans les médias les plus influents de la planète et à se présenter comme le roi légitime d'Île d'Montagne, son annonce avait eu un retentissement international.

— Je ne comprends pas à quoi il joue, avait fulminé Esme. La fausseté d'une affirmation de ce genre est très facile à prouver. Il est vraiment stupide.

Ce soir-là, quand elle s'était retrouvée enfin seule dans sa chambre après avoir passé la journée entourée de dames de la cour, d'assistantes ou d'employées, Amalia s'était mise à la fenêtre, rêveuse, en se disant qu'il devait être agréable de grandir dans une ferme du Kansas, endroit dont elle avait entendu parler avant tout dans *Le Magicien d'Oz*, un film qu'elle avait regardé au moins une centaine de fois.

*Ne serait-ce pas amusant si Mère était en réalité la méchante sorcière ?* avait-elle pensé en contemplant les lumières de la cité royale d'Île d'Montagne. Mais sans y croire véritablement.

Les jours suivants, il avait fallu se soumettre à des tests sanguins. Puis refaire les mêmes tests. Rester stoïque malgré les conjectures incessantes des médias.

Et peu à peu pressentir la vérité inconcevable au vu de l'attitude de plus en plus distante d'Esme. La reine était devenue trop occupée le matin pour prendre son petit déjeuner avec elle.

Et puis un jour, Amalia avait été priée de se rendre à un rendez-vous horriblement embarrassant avec Delaney Clark, fermière du Kansas désormais considérée officiellement comme la véritable princesse, pour montrer que la couronne acceptait la réalité. De bonne grâce…

Amalia n'avait revu Esme qu'une fois en tête à tête. La reine l'avait convoquée dans la salle d'audience où elle avait l'habitude de recevoir les chefs d'État venus présenter leurs hommages, ou d'admonester les employés ayant commis des fautes.

Ce jour-là, Amalia avait été traitée comme un membre de ce dernier groupe et obligée de rester à une distance respectueuse de la souveraine. Comme si elles n'avaient jamais rien été l'une pour l'autre.

La femme qu'elle considérait toujours comme sa mère n'avait pas esquissé le moindre geste de réconfort. Rien d'étonnant à cela : après tout, Esme ne lui avait jamais offert de réconfort au cours des vingt-cinq dernières années.

— Tu ne manqueras de rien, avait déclaré la reine d'un ton crispé.

Peut-être était-ce sa version du réconfort.

— Je te le garantis. Ton avenir est assuré quoi qu'il arrive. Je suis parfaitement consciente que tu n'es en aucun cas responsable de ce qui est arrivé.

— Pour être responsable, il faudrait en effet que je sois surdouée, avait répliqué Amalia d'un ton neutre, les yeux respectueusement baissés malgré les émotions qui se déchaînaient en elle. Étant donné que j'aurais dû mettre en œuvre ce plan à l'âge de trois jours.

Auparavant, un commentaire de ce genre aurait provoqué la fureur d'Esme. Ce jour-là, quand elle lui avait jeté un coup d'œil furtif, la reine s'était contentée d'un sourire crispé.

Oh ! évidemment, Amalia ne s'attendait pas à ce qu'elle la prenne dans ses bras. Esme n'était pas tactile, comme elle aimait le préciser aux dignitaires venant de pays où les gens étaient d'un naturel expansif.

— Néanmoins, il a été décidé qu'il était préférable que tu te retires de la cour, avait ajouté la reine d'un ton glacial.

— Bien sûr, avait acquiescé Amalia.

Qu'aurait-elle pu dire d'autre ?

— Toujours à votre service, Majesté.

C'était la dernière fois qu'elle avait vu sa mère, ou du moins celle qu'elle considérait toujours comme sa mère. Parce que Sa Majesté la reine était très rarement disponible pour les gens jugés non indispensables.

Quel choc de découvrir qu'après toutes ces années, après tout ce qu'elle avait donné – et tout ce à quoi elle avait renoncé –, elle pouvait être rejetée du jour au lendemain…

Malgré tout, Amalia ne pouvait s'empêcher d'éprouver une certaine indulgence pour la reine. Le résultat de ces tests sanguins avait dû ébranler Esme au plus profond d'elle-même. Parce qu'elle ne s'était pas rendu compte que son bébé avait été échangé.

La reine n'avait jamais pris conscience pendant toutes ces années qu'elle élevait une usurpatrice. Cela en disait beaucoup plus long sur elle que sur la fille avec qui elle gardait à présent ses distances.

C'était en tout cas l'avis des médias.

Jusque-là, Amalia avait disposé de deux téléphones mobiles supplémentaires, gérés par des employés occupés à plein temps à répondre aux appels incessants... Désormais elle avait à peine besoin de son téléphone privé. Pour la bonne raison que personne ne l'appelait. Parce que plus personne ne savait qui elle était. On savait juste qu'elle n'était pas la princesse héritière.

Au fil des ans, elle avait pris l'habitude de voir des hommes se bousculer autour d'elle, chacun caressant l'espoir d'être choisi par la reine le jour venu comme futur époux de la princesse héritière. Et par ricochet, comme futur roi. Elle les avait toujours trouvés assommants, si bien qu'elle était surprise de découvrir qu'aujourd'hui leur présence lui manquait cruellement.

Même si au cours de l'année précédente, Esme avait fini par réduire l'éventail à deux prétendants acceptables, plus ou moins de sang royal. Ils ne plaisaient pas spécialement à Amalia mais ils étaient censés être généreux et attentionnés.

Cependant, aucun des deux ne lui avait fait signe depuis que la nouvelle avait été annoncée. Très éloquent.

Mais peut-être était-ce un bien, tenta-t-elle de se dire en attendant qu'on lui signifie que le moment de s'en aller discrètement était venu. Peut-être était-ce une leçon dont elle se souviendrait un jour avec gratitude.

Elle s'était toujours demandé à quel point les gens tenaient à elle si on faisait abstraction de ses origines. À présent elle le savait.

Que ça lui plaise ou non, elle le savait.

— Juste quelques minutes de plus, annonça l'assistante, les doigts sur son oreillette. Ensuite vous pourrez enfin vous en aller.

Comme si elle partait en vacances… Au lieu d'être mise littéralement à la porte. La porte de derrière… Qu'elle n'ait rien à se reprocher n'entrait pas en ligne de compte.

Le palais avait soigneusement préparé sa sortie. Aujourd'hui la reine donnait une grande réception en l'honneur de Cayetano Arcieri et de son épouse Delaney, la nouvelle princesse héritière, de retour sur l'île après un long voyage de noces.

C'était la première fois qu'un Arcieri mettait les pieds dans le palais depuis le début du célèbre conflit ancestral qui opposait les partisans de cette famille à ceux des Montaigne.

Personne ne prêterait la moindre attention à Amalia quand elle s'éclipserait dans la nuit.

Elle devait tout simplement… disparaître.

— Sa Majesté a tenu à vous assurer une vie plus que confortable, lui avait déclaré le conseiller le plus redoutable de sa mère.

Il était venu à la réunion accompagné d'une armée d'avocats du palais, comme si elle risquait d'essayer de faire chanter la reine.

— Dans l'espoir que vous réagirez à ces événements imprévus avec élégance.

— Pardonnez-moi, avait-elle murmuré. Je pensais que la reine tenait à assurer mon avenir parce que je me suis exercée toute ma vie à devenir quelqu'un que je ne suis pas. Je n'avais pas compris qu'elle achetait ma bonne conduite à venir.

Le conseiller lui avait lancé un regard froid.

— Sa Majesté est consciente que la situation est susceptible de vous inspirer certains sentiments, Amalia. Comme nous tous.

Elle avait passé les semaines précédentes à superviser l'emballage de ses affaires. Ce qui avait soulevé un certain nombre de questions. Que pouvait-elle considérer comme lui appartenant ? Beaucoup des affaires qu'elle considérait comme les siennes appartenaient en réalité à sa mère. Ou au palais. Ou, plus exactement, au peuple d'Île d'Montagne. Un peuple qui n'était pas le sien.

Elle s'était efforcée de faire un choix équitable.

Finalement, ce qui pouvait être considéré comme lui appartenant et ce que la reine acceptait de lui céder avait été expédié dans un garde-meuble situé à proximité de Paris. Après tout, c'était un point de chute comme un autre.

Un point de chute, n'était-ce pas ce dont tout le monde avait besoin ? En fait, n'ayant jamais imaginé vivre ailleurs qu'à Île d'Montagne, elle n'avait pas d'idées très arrêtées sur la question.

Néanmoins, elle ne doutait pas d'être capable d'apprendre à faire toutes ces choses considérées comme normales. Comme payer des factures. Ou… avoir des factures, pour commencer. Et un endroit où les recevoir. Une des informations qu'elle avait glanées au fil des années en regardant la télévision c'était que la plupart des gens étaient préoccupés par les factures. Peut-être le serait-elle aussi bientôt.

Elle devrait en faire l'expérience toute seule. C'était ça ou demander conseil à quelqu'un. Mais comment être sûre que ce quelqu'un la conseillerait au mieux de ses intérêts ?

Du jour au lendemain elle était devenue une ex-princesse qui n'avait jamais eu à se débrouiller seule. Autant dire qu'elle était une proie facile. Les escrocs prêts à profiter de son inexpérience ne manquaient sûrement pas.

Cependant, que le personnel du palais semble la juger incapable de faire face à la situation avec sang-froid était très vexant.

— Si je comprends bien, tout le monde craint que je ne fasse le genre de scandale qu'on m'a appris depuis toujours à éviter à tout prix, avait-elle répliqué d'un ton pince-sans-rire. Et qu'en me conduisant ainsi je ternisse l'image de la maison Montaigne. Celle-ci étant la seule chose qui importe à la reine, comme vous le savez sans doute.

— Que vous n'ayez aucun lien de parenté avec la reine est à présent de notoriété publique. Cependant, vous savez sûrement que cela ne vous empêchera pas de rester toute votre vie un objet de curiosité, avait répliqué le conseiller. Vous serez comparée à la nouvelle princesse héritière. Puis à la nouvelle reine. C'est peut-être injuste, mais c'est la réalité. Prétendre le contraire ne servirait à rien.

Elle lui avait adressé le sourire poli qu'elle avait appris à arborer.

— Au moins, toutes ces années de formation n'auront pas été totalement inutiles. Je saurai adopter l'attitude appropriée, toujours au service de ce pays dont il s'avère qu'il n'a rien à voir avec moi.

À cet instant le conseiller l'avait surprise. Il l'avait regardée avec une compassion manifeste.

— Nous avons toujours été impressionnés par votre élégance et votre caractère. J'ai toutes les raisons de croire que, quoi que vous fassiez, vous ne perdrez jamais vos qualités essentielles. Si j'étais vous, mademoiselle, je ne considérerais pas cette situation comme une punition mais comme une chance. Envisagez ce départ comme le début de la liberté.

C'était ce mot qui résonnait dans l'esprit d'Amalia le soir de son départ. Liberté. Quelle que soit la réalité qu'il recouvrait.

Quand le feu vert lui fut enfin donné, elle salua l'assistante d'un hochement de tête avec ce sourire serein qu'elle avait travaillé pendant des années devant le miroir. Puis elle sortit du palais et monta dans la voiture qui devait la conduire au port, où l'attendait le bateau qui l'emmènerait loin d'Île d'Montagne. Sans doute pour toujours.

Quelle raison aurait-elle de revenir dans ce pays qu'elle avait aimé mais où elle n'aurait plus sa place ?

Ce n'était pas grave, se dit-elle vaillamment en montant à bord du yacht amarré à l'écart du quai royal. Parce qu'elle partait à destination de la liberté.

Un concept qui ne lui était pas très familier, à vrai dire. « La liberté, c'est pour les autres, qui sont beaucoup moins privilégiés, lui répétaient d'un air sévère ses préceptrices quand elle était enfant et qu'elle s'ennuyait. Ce n'est pas pour vous. »

Et à l'exception d'un été enchanté, cela s'était révélé exact.

Amalia ne resta pas sur le pont du yacht. Mieux valait éviter de risquer d'être vue, décida-t-elle. Cela contrarierait la reine. Elle aurait dû s'en moquer mais elle n'y parvenait pas. De toute façon, elle n'avait aucune envie de regarder s'éloigner l'île. Ni la vie qui n'avait jamais été la sienne. Tout ce qu'elle perdait ce soir.

Elle se réfugia dans sa luxueuse cabine et s'installa pour la nuit. Parce que là, en privé, elle pouvait se laisser aller à rêver. Après s'être efforcée d'étouffer ses rêves pendant toutes ces années. Sans y parvenir, il fallait bien le reconnaître.

Ce soir, elle n'avait plus aucune raison de se priver de rêver. Parce qu'elle n'avait plus de devoirs envers la couronne.

La reine attendait d'elle qu'elle évite tout scandale susceptible de ternir l'image d'Île d'Montagne, mais elle n'était plus obligée de faire ce que la reine attendait d'elle.

Elle n'était plus la princesse héritière.

Elle ne faisait même plus partie des sujets de la reine.

Oh ! et elle était libre.

Même si elle ne savait pas très bien ce que cela signifiait.

N'y avait-il pas une chanson qui suggérait que la liberté c'était n'avoir plus rien à perdre ?

Allongée sur le lit – délivrée de son sentiment de culpabilité habituel –, Amalia s'autorisa à se remémorer ce fameux été.

Elle s'autorisa à penser à Joaquin Vargas.

Ce seul nom la faisait frissonner, par-delà l'espace et le temps…

À l'époque, elle avait vingt ans et elle vivait sous surveillance depuis toujours. Depuis sa naissance.

La princesse héritière n'était jamais livrée à elle-même. Il ne fallait en aucun cas prendre le risque que le palais soit embarrassé par d'éventuelles décisions malencontreuses de sa part.

« Beaucoup trop de familles royales européennes voient les frasques de jeunesse de leurs héritiers s'étaler en une des tabloïds, lui avait expliqué d'un ton sévère le responsable de la communication du palais quand elle n'était encore qu'une enfant. Sa Majesté la reine refuse que ce soit également le cas de la famille royale d'Île d'Montagne. Avez-vous compris, Votre Altesse ? »

Elle avait compris. Bien sûr. Elle avait toujours été consciente des parois du bocal en verre dans lequel elle vivait.

Et il suffisait de jeter un coup d'œil à certains gros titres de la presse à scandale pour comprendre que se donner en spectacle ne présentait aucun avantage.

L'été de son vingtième anniversaire, les rebelles de la montagne avaient eu droit à une couverture médiatique plus importante qu'à l'ordinaire. Et leur chef de guerre, Cayetano, avait fait preuve d'une efficacité redoutable pour convertir l'opinion internationale à sa cause. Ce qui avait provoqué la fureur de sa mère.

Peut-être pour cette raison, il avait été convenu que la princesse héritière pouvait partir en vacances au lieu d'accompagner sa mère dans ses obligations officielles comme en temps normal.

« Du moment que je n'entends pas parler de sorties en yacht ni de fêtes sur la Côte d'Azur, avait précisé la reine. Tu es l'héritière du trône d'Île d'Montagne. Pas une starlette de Hollywood. »

Quelle impression lui avait fait Cap Morat ? Elle ne s'en souvenait plus. Autrefois liée au continent, l'île avait été une forteresse pendant des siècles, puis elle avait été laissée à l'abandon avant d'être achetée et transformée en luxueux complexe hôtelier prisé pour son isolement dans la mer des Baléares.

Le palais avait réservé toute l'île pour l'été, de façon que ses gardes puissent rester postés tout autour, à bord de bateaux ou sur les plages et qu'elle-même puisse se promener seule et avoir l'impression d'être quelqu'un de normal. Étant l'unique cliente, elle s'était très vite liée avec le personnel.

Mais c'était le propriétaire qui l'avait fascinée.

Joaquin Vargas.

Aujourd'hui elle ne se rappelait plus ce qu'elle savait de lui à l'époque et ce qu'elle avait appris au cours des cinq années qui s'étaient écoulées depuis.

C'était un self-made-man parti de rien, qui à force de volonté était devenu un mythe. Une légende.

Capable de transformer en lieu de séjour de prédilection de la jet-set une forteresse en ruine sur un rocher perdu au milieu de la mer. Ce qui n'était qu'un exemple parmi tous les exploits qui avaient contribué à asseoir sa réputation d'homme d'affaires surdoué.

Le souvenir le plus marquant qu'elle gardait de leur première rencontre, c'était le vert de ses yeux étincelants, dans un visage qui semblait taillé dans la pierre.

Dire qu'elle avait eu le coup de foudre ne relevait pas d'une sentimentalité excessive. C'était un fait.

Ce matin-là elle prenait son petit déjeuner dans le jardin qui donnait sur la mer. La brise lui caressait le visage, les oiseaux chantaient dans les arbres et elle s'efforçait de vivre pleinement cette liberté qu'elle savait provisoire. Elle pensait à l'obstination de sa mère à lui choisir un mari. Et à sa propre indifférence devant les candidats favoris de celle-ci.

Rien de nouveau.

Absolument rien de nouveau.

Elle avait levé les yeux et elle avait vu Joaquin. Debout juste là, devant sa table. À partir de cet instant, plus rien n'avait jamais été comme avant.

*Elle* n'avait plus jamais été comme avant.

Amalia frissonna dans son lit sur le bateau qui l'emmenait vers ce même rocher perdu au milieu de la mer des Baléares.

S'enveloppant plus étroitement dans son étole en cachemire, elle s'appliqua à prendre une de ces profondes inspirations qui, selon l'une de ses coachs, avaient un pouvoir magique. Elle pouvait bien se l'avouer. Tout au fond de son cœur, elle aimerait être en route pour retrouver Joaquin après tout ce temps. Tout en sachant que si elle tentait de le revoir, il l'enflammerait d'un seul regard.

Cinq ans plus tôt elle avait fait le seul choix possible, se dit-elle comme elle se l'était dit autrefois.

Ce qui ne l'avait pas rendu plus facile. À la fin de l'été, elle avait été obligée de regarder la réalité en face. Il n'y avait pas le moindre espoir que la reine Esme accepte un self-made-man espagnol aux allures de voyou comme époux de son unique héritière.

Elle avait vécu un été fantastique. Une parenthèse enchantée dont elle n'avait jamais osé rêver, même dans ses songes les plus fous.

Mais l'amour qui les unissait, Joaquin et elle, était trop profond, trop intense pour que de son côté il puisse accepter qu'elle choisisse de le quitter. Ce qu'elle n'aurait pu faire si elle n'avait pas été une princesse héritière liée par son sens du devoir.

Elle avait rompu de manière abrupte, sans aucun ménagement. Puis elle avait pris la fuite, retournant à ses responsabilités, à son avenir tout tracé et aux prétendants dont elle ne voulait déjà pas avant d'avoir rencontré Joaquin.

Amalia soupira et ferma les yeux. Elle s'abandonna

à ses souvenirs, s'autorisant à revivre en pensée ce séjour idyllique.

Un plaisir que malgré toutes ses résolutions, elle s'était accordé un nombre incalculable de fois au cours des cinq dernières années. Joaquin était son secret, bien caché au fond de son cœur, tel un bijou trop précieux pour être exposé à la lumière.

Cette année, elle avait loué une petite villa sur l'île sous un faux nom, dans l'espoir d'échapper aux paparazzis. Il n'y avait aucune chance que ce séjour soit aussi fantastique que le premier.

Parce qu'elle ne comptait pas rencontrer le propriétaire de l'île. Pas après la façon dont elle l'avait quitté cinq ans plus tôt.

Elle avait juste l'intention de se cacher des autres vacanciers et du reste du monde, jusqu'à ce qu'elle se sente assez forte pour commencer à faire des projets.

Parce que son avenir n'était plus tout tracé, étape après étape, jusqu'à sa mort.

Peut-être qu'un jour elle trouverait cette liberté exaltante. D'ici là, elle avait l'intention de contempler la mer, de se protéger de l'indiscrétion des médias et de se remettre du choc qu'elle venait de subir.

Elle allait tenter de reprendre des forces dans le seul endroit où elle s'était laissée aller à se dire autrefois… *Et si ?*

Il n'était pas impossible qu'un jour elle envisage de rencontrer sa véritable mère. Une femme qui vivait dans une ferme au Kansas. Ce qui pour elle était un endroit aussi exotique qu'une autre planète.

Mais d'abord, elle devait se détacher de la mère qu'avait été pour elle la reine Esme pendant toutes ces années. Distante, difficile, souvent exigeante. Toujours redoutable.

Mais tout de même sa mère pendant un quart de siècle. Qu'elle avait aimée, qu'elle aimait encore en dépit de tout.

Elle se sentait encore trop fragile et trop déstabilisée pour repenser à toutes ces années passées au palais. Mais ça ne tarderait pas à venir. En même temps qu'un grand chagrin salutaire, sans doute.

Parce que même si elle n'avait pas été entièrement satisfaite de sa vie de princesse héritière, en être privée du jour au lendemain sans aucune possibilité de la retrouver était une expérience traumatisante. Nul doute qu'à un moment ou à un autre, elle éprouverait le besoin de pleurer ce qu'elle avait perdu. Mais pas ce soir.

Amalia se laissa gagner par le sommeil et ne se réveilla que lorsque le bateau arriva à quai à Cap Morat.

Après avoir pris une douche, elle monta sur le pont et poussa un petit soupir. L'île était là, sous ses yeux, inondée de soleil, aussi splendide que dans son souvenir. La vieille forteresse se découpait sur le ciel bleu, majestueuse. C'était une petite île facile à parcourir à pied. Elle avait hâte de se promener sur ses sentiers et de s'asseoir en haut des falaises pour contempler la mer.

Ici elle allait sûrement se trouver elle-même. Elle allait sûrement rencontrer la femme qu'elle était appelée à devenir lorsqu'elle aurait tourné la page sur son ancienne vie.

Un frisson courut le long de sa nuque. Comme un pressentiment, qu'elle préféra ignorer. C'était la brise, se dit-elle en descendant sur le quai.

Le port semblait particulièrement calme. Elle esquissa un sourire en cherchant des yeux les employés de l'hôtel, qui paraissaient doués du don d'ubiquité lors de son premier séjour. Personne.

Peut-être était-ce différent quand l'hôtel était plein. Elle suivit le chemin pavé qui reliait le quai à l'entrée principale du complexe.

Chacun de ses pas la ramenait vers cet été fantastique pendant lequel elle avait été si heureuse.

Elle avait hâte d'enlever ses chaussures pour sentir les pierres chaudes sous ses pieds. De défaire le chignon strict qu'elle portait en permanence lorsqu'elle était la princesse Amalia.

Elle mourait d'envie de se baigner dans la mer puis de sécher, allongée sur les rochers. De laisser le soleil brunir sa peau sans craindre de contrarier la reine, qui ne voulait pas qu'elle ait le teint hâlé sur les photos officielles.

Elle franchit les arcades qui marquaient l'entrée de l'hôtel mais restaient en permanence ouvertes aux éléments. Le hall était vide.

Elle s'immobilisa, de plus en plus perplexe. Qu'il n'y ait aucun employé sur le quai, pourquoi pas. Mais ici ?

Elle pivota lentement sur elle-même, admirant au passage le plafond vertigineux, la cheminée qui semblait suspendue au centre d'un mur, la fontaine qui coulait au centre du hall. Cette ancienne forteresse, construite à l'origine pour protéger ses occupants de tout ce qui provenait de l'extérieur, semblait à présent inviter le soleil, le ciel et la mer à l'envahir.

Ce fut seulement au bout d'un moment qu'elle perçut une ombre qui se détachait du mur du fond. Était-elle bien réelle ? Non, c'était sans doute une illusion d'optique.

Elle était un peu étourdie par tout ce soleil. Sans compter le flot de souvenirs qui la submergeait.

Pourtant, l'ombre semblait avancer dans sa direction…

Amalia fut assaillie par une foule de sensations familières.

C'était lui. Son corps l'avait reconnu avant que son nom se forme dans son esprit.

Ce désir brûlant, presque douloureux, qui surgissait entre ses cuisses, durcissait la pointe de ses seins, courait dans ses veines, la faisait vaciller sur ses jambes…

L'ombre avançait toujours.

Comme dans ce rêve qu'elle avait fait des milliers de fois. Ce rêve au milieu duquel elle se réveillait en sursaut, le souffle court, avant d'être anéantie en se découvrant seule. Toujours seule. Ce rêve, elle le connaissait par cœur, mais aujourd'hui il était différent.

Parce que l'ombre approchait toujours et que c'était bien lui.

Le Joaquin dont elle gardait le souvenir. Toujours aussi grand et athlétique, il était vêtu d'un costume impeccable visiblement taillé sur mesure mais il gardait son air voyou. C'étaient les cheveux noirs. Ou ses mâchoires de boxeur. Et peut-être sa manière de se tenir. Comme s'il était prêt à affronter tout ce qui pouvait croiser son chemin. Que ce soient des bandits ou des princesses versatiles.

Elle avait étudié des centaines de photos de lui ces cinq dernières années. Elle avait vu comment ses mains se posaient, possessives, sur le dos des femmes qu'il accompagnait dans les soirées. Des mains qu'elle pouvait encore sentir sur son propre dos.

Elle avait passé des heures à pleurer dans son lit au palais. À scruter son visage sur chaque cliché pour y retrouver le Joaquin qu'elle avait connu, toujours aussi fascinée par ses pommettes saillantes, ses lèvres sensuelles…

Mais jamais elle n'avait vu ses yeux verts briller comme aujourd'hui d'un éclat aussi… glacial.

Dans ses rêves il ne la regardait pas de cette manière. Dans ces rêves, il n'y avait que de l'amour. De la compréhension. Du pardon.

Il s'immobilisa devant elle et lui prit le menton. D'un geste brusque. Puis il lui fit tourner la tête à droite et à gauche. Comme si elle était un cheval qu'il envisageait d'acheter. Elle se mit à trembler.

— On ne prend plus de grands airs aujourd'hui, n'est-ce pas, princesse ?

Sa voix était la même que dans son souvenir. Grave et profonde. Elle l'avait entendue murmurer à son oreille quand ils dansaient ensemble dans les salles de bal vides de l'hôtel. Quand ils faisaient l'amour avec passion. Avec amour…

— Ne t'ai-je pas prévenue de ce qui se passerait si tu osais revenir ?

— Joaquin…

— Permets-moi de te le rappeler.

Les yeux émeraude lancèrent des éclairs.

Comme une seule fois auparavant. Le jour où elle l'avait quitté.

— Tu m'as détruit, Amalia. Je t'ai promis que je te revaudrais ça si tu m'en donnais l'occasion. Et te voilà de retour. Humiliée. Chassée. Pitoyable, comme je te l'avais prédit.

— Joaquin…

À chaque fois qu'elle prononçait son nom, il resserrait un peu plus les doigts sur son menton.

Elle prit une profonde inspiration et lutta pour garder

son sang-froid. Peut-être n'était-ce pas totalement efficace, mais au moins elle était capable d'essayer. Ce qui prouvait qu'elle avait changé. Qu'elle était très différente de celle qu'elle était cinq ans plus tôt.

Parce qu'elle avait passé tout ce temps à se préparer à devenir reine.

Et les reines ne pouvaient pas se permettre de paniquer. Devant qui que ce soit. Pas même Joaquin Vargas.

Dire qu'elle pensait avoir perdu son temps pendant toutes ces années… En réalité, la formation qu'elle avait reçue était sa meilleure – et seule – arme contre cet homme.

— Je ne m'attendais pas à ce que tu sois là. J'avais juste l'intention de séjourner quelque temps sur l'île. En tant que cliente ordinaire. Pas comme la dernière fois.

— Je vois qu'avec les années tu es devenue menteuse.

Il lui fit relever le menton, le regard dur. Mais même s'il la haïssait à présent, son corps ne faisait pas la différence. Il réagissait toujours aussi intensément… La bouche de Joaquin se rapprocha de la sienne.

— Mais ne t'inquiète pas, Amalia. Je m'occuperai de ça également.

Sur ces mots, il s'empara de sa bouche.

# 2.

Il était submergé par un raz-de-marée.

De triomphe. De désir.

Cinq ans. Depuis cinq ans il était dans un état de manque qu'il n'avait pas réussi à surmonter malgré tous ses efforts. Depuis cinq ans il tentait de se persuader que cette femme n'était plus rien pour lui après la façon dont elle l'avait quitté.

Elle l'avait brisé et Joaquin Vargas n'oubliait jamais le moindre affront.

Il s'était construit en rendant chacun des coups qu'il avait reçus. Et ils avaient été nombreux de la part de ceux qui riaient de lui et de ses ambitions quand il n'était qu'un adolescent sans abri dans les rues de Bilbao. Obligé de lutter chaque jour pour survivre, il avait fini par prendre conscience qu'il était un battant. Par conséquent, pourquoi ne pas lutter à une plus grande échelle ?

C'était en appliquant ce principe qu'il avait gagné son premier million. Puis plusieurs autres.

Il savourait sa réussite l'été où la princesse Amalia l'avait subjugué. Puis anéanti en le quittant.

Offenses impardonnables.

Il avait réagi de la seule manière possible pour lui. En accroissant sa fortune de manière exponentielle.

Si bien qu'il faisait désormais partie des milliardaires que le monde entier prenait tant de plaisir à haïr. Nul doute qu'il haïrait lui aussi les milliardaires s'il était resté là où il avait commencé. Mais dans un monde où ils existaient, il avait décidé depuis longtemps d'être des leurs plutôt que de se laisser piétiner par eux.

Mais tout ce qui avait conditionné sa vie et son ascension sociale météorique semblait soudain très flou. Parce qu'il embrassait de nouveau Amalia. Et c'était aussi enivrant que dans son souvenir. Ses lèvres douces et moelleuses… Sa bouche offerte… Le goût même de l'innocence… Mais au moins, aujourd'hui il savait à quoi s'en tenir.

Joaquin s'arracha à la bouche d'Amalia mais il ne lâcha pas ses épaules. Plus minces que dans son souvenir… Mais quelle importance ? se demanda-t-il aussitôt, furieux contre lui-même. Comment pouvait-il éprouver la moindre inquiétude pour elle ? C'était un comble ! Elle avait largement prouvé qu'elle ne le méritait pas.

— Je t'avais prévenue de ne pas revenir ici, rappela-t-il d'une voix rauque. Mais tu n'as peut-être pas fait attention. Tu étais trop occupée à me montrer quelle était ma place.

Ses yeux bleus étaient trop brillants, ses pupilles trop dilatées. Mais le plus remarquable, c'étaient ses lèvres. Il les avait toujours aimées gonflées de ses baisers. Aujourd'hui ne faisait pas exception. Bon sang, comme il était difficile de se concentrer sur autre chose… Le désir qu'elle lui inspirait était aussi intense que si elle ne l'avait pas trahi.

Irrité contre lui-même, Joaquin se força à étudier attentivement Amalia. Il fallait garder à l'esprit que la femme très élégante qui était devant lui – drapée dans du cachemire et les cheveux relevés en un chignon sophistiqué – était la véritable Amalia. La princesse qui l'avait rejeté. La jeune fille qui avait capturé son cœur en dansant au clair de lune avec ses cheveux noirs qui volaient autour d'elle était un rêve. Quelqu'un qu'il avait imaginé.

Et il avait payé très cher ce fantasme.

— Tu ne comprends pas, dit-elle d'une voix calme.

Toute trace de l'émotion qu'il avait aperçue sur son visage s'évanouit. Distante, impassible, elle n'avait plus rien à voir avec la jeune fille vive et enjouée de cet été lointain. Et il fallait reconnaître que découvrir qu'elle avait mûri depuis la dernière fois qu'il l'avait vue était très déstabilisant. Parce qu'à chaque fois qu'il pensait à elle – beaucoup trop souvent, même si c'était difficile à admettre –, elle était toujours sa princesse inattendue. Peut-être plus cruelle qu'il ne l'aurait pensé au départ, certes, mais elle était si jeune…

Sous ses doigts il sentait la différence. Elle était peut-être plus mince, mais aussi plus forte.

— Quel choix avais-je ? demanda-t-elle.

Son air serein remuait le couteau dans la plaie. Parce que de son côté il était loin d'être serein.

— Il était tout à fait impossible que la princesse héritière d'Île d'Montagne ait une relation avec toi en dehors de cette île. Tu dois le savoir.

— Tu vas me dire que tu n'avais pas voix au chapitre ? Tu sais aussi bien que moi que c'est un mensonge. Nous avons tous le choix, Amalia. Il se trouve juste que certaines options sont plus agréables que d'autres.

Il se hérissa devant le sourire qu'elle lui adressa. Un sourire froid. Et ce regard entendu, que signifiait-il exactement ? Autrefois ses grands yeux bleus se seraient remplis de larmes s'il avait suggéré, même de façon indirecte, qu'elle avait menti. Comme cette jeune fille franche et spontanée lui manquait ! C'était une faiblesse pour laquelle il la haïssait.

— Tu as l'air d'un homme qui a fait les choix les plus agréables pratiquement toute sa vie. Ça doit être fantastique. Il faudra que tu me dises comment tu t'es débrouillé. Parce que pour ma part je me trouve au bord d'un précipice. Derrière moi, une vie de devoir qui du jour au lendemain s'est révélée ne pas être la mienne. Et devant moi… qui sait ?

Joaquin réprima un soupir. Rien ne se passait comme prévu. Il brûlait toujours de désir. Comme si ce baiser était une punition qu'elle lui avait infligée et non l'inverse. Il lâcha Amalia et recula. Heureusement que la grande fontaine qui se trouvait au centre du hall faisait un tel bruit… Parce que sinon, on entendrait sûrement son cœur. Il battait beaucoup trop vite et beaucoup trop fort. Dire qu'il avait souvent cru que ses ennemis avaient raison et que c'était de l'eau glacée qui coulait dans ses veines à la place du sang…

— Tu sembles manquer de personnel, déclara-t-elle alors que le silence se prolongeait. Les affaires ne marcheraient-elles plus ? Ce n'est pourtant pas l'impression que j'ai eue quand j'ai réservé. Ni à la lecture des articles qui chantent régulièrement tes louanges.

— J'ai fermé le complexe, répliqua-t-il d'un ton bourru.

Comme si c'était un aveu.

Elle eut un nouveau sourire, aussi distant que le premier.

— Pas pour moi, j'espère ? Je suis parfaitement

capable de me cacher parmi la foule. C'est pour ça que j'ai loué une villa.

— Je crains qu'il n'y ait pas de villas disponibles, répliqua-t-il d'une voix suave.

Enfin, il retrouvait son sang-froid…

— Si tu veux séjourner ici, il y a… d'autres possibilités.

Heureusement qu'il s'était ressaisi et qu'il l'avait lâchée… Quand elle était entrée dans le hall, il avait agi sur une impulsion. Il l'avait rejointe et il l'avait embrassée sans réfléchir. Il ne le regrettait pas, mais le moment était venu de retrouver la raison. Joaquin s'éloigna pour s'adosser au mur en pierre apparente et observer Amalia, comme il avait l'intention de le faire au départ.

C'était toujours, et de loin, la femme la plus belle qu'il avait jamais rencontrée. Il avait vu des photos de la véritable princesse, qu'ils avaient dénichée quelque part aux États-Unis. Elle était jolie, certainement. Mais de son point de vue, Amalia était d'une beauté bien plus éclatante. Il avait également vu des photos de la reine Esme, dont le nez et le menton prétendument aristocratiques ne l'avaient pas du tout impressionné. Alors que les traits délicats d'Amalia composaient un visage d'une harmonie remarquable.

Mais cette fois il avait de la chance. Parce que cette fois, il savait que toute cette délicatesse n'était qu'un mensonge.

— D'autres possibilités ? répéta-t-elle d'un ton léger. Que de mystère…

Comme s'ils se trouvaient à un cocktail dans son palais. Alors qu'elle était chez lui. Et qu'ils allaient jouer selon ses règles à lui.

— J'étais amoureux de toi, dit-il d'un ton vif.

Avec toute la rage accumulée depuis cinq ans. À sa grande satisfaction, elle tressaillit. Parfait. Mais ça ne suffisait pas.

— Je t'aurais donné le soleil et la lune, et les étoiles si tu me l'avais demandé. Au lieu de ça, tu m'as pris de haut. Et aujourd'hui, quand je pense à tout ce que j'ai éprouvé pour toi, j'ai honte.

Il scruta son visage. Mais qu'avait-il envie d'y lire, exactement ? De l'embarras ? Du regret ? Il était Joaquin Vargas. Il n'avait besoin de rien de tout cela.

Elle le regardait, impassible. Ou du moins presque. Ses yeux étaient un peu trop bleus. Elle était peut-être un peu trop immobile. Et ses poings étaient crispés. Elle avait beau les cacher en croisant les bras sur cette étole en cachemire dans laquelle elle s'enveloppait, ça se voyait.

Avec les années elle avait appris à dissimuler. Mais il avait toujours été doué pour découvrir ce qui était caché. Elle n'avait pas beaucoup de chances de le duper.

— Je te dois des excuses, dit-elle.

Mais sa voix égale le mit en rage. Il avait envie de crier. De la déstabiliser. Non, mieux encore, qu'elle perde contenance toute seule. Mais elle le regardait avec un calme olympien, comme s'ils étaient en train de parler de la pluie et du beau temps.

— J'étais jeune et bouleversée. Chaque jour j'ai regretté d'avoir été cruelle avec toi.

Pourquoi cette femme avait-elle le don de le mettre dans tous ses états ? Après tout ce temps ? C'était incompréhensible. Et horriblement vexant.

Il ne s'attendait pas à ce que l'attirance soit toujours aussi forte au bout de cinq ans. Cette idée ne lui avait même pas effleuré l'esprit.

Dire qu'il croyait avoir tourné la page depuis longtemps... Il venait rarement à Cap Morat. Il possédait tant d'autres propriétés à travers le monde que cette petite île d'Espagne – le pays qui avait tenté de le tuer quand il était encore enfant et qui avait presque réussi – n'avait aucun attrait pour lui. De toute façon, pendant ces cinq années il avait été très occupé à accroître sa fortune. De plus en plus d'argent. De plus en plus d'entreprises. De plus en plus de titres dans ses différents portefeuilles. Sa propre forteresse qui ne pourrait jamais être abattue.

Cependant, quand la réservation d'Amalia était arrivée, signalée car elle avait des demandes particulières en matière de sécurité, il avait compris qui elle était malgré le faux nom qu'elle avait utilisé. Et il avait su aussitôt ce qu'il allait faire.

Même après toutes ces années. Parce qu'il n'était pas du genre à subir un affront sans réagir. C'était ce qui lui avait permis de bâtir son empire. Pendant toutes ces années, il s'était promis que si un jour l'occasion se présentait, il prendrait sa revanche sur cette femme. Comme il l'avait fait avec quiconque avait osé le contrarier. Raison pour laquelle il était aussi redouté. Ses excuses n'y changeaient rien. Quelle que soit l'attirance qu'elle exerçait sur lui.

— Je crains de ne pouvoir accepter tes excuses.

Adossé au mur, il enfonça les mains dans les poches de son pantalon et ajouta avec un regard froid :

— Je ne les crois pas sincères.

— Tu te trompes, objecta-t-elle.

Mais toujours avec le même calme. Comme si rien ne pouvait l'affecter.

— Je me trompe rarement.

— Bien que s'agissant de toi, je reconnaisse que

j'ai toujours tendance à te prendre pour quelqu'un que tu n'es pas.

Elle arqua les sourcils. Très légèrement.

— Pourquoi ai-je la certitude que ce n'est pas un compliment ?

Était-elle aussi sarcastique autrefois ? Il ne se rappelait pas. Mais il était vrai que ses souvenirs les plus vivaces étaient liés au sexe. Impossible d'oublier ses gémissements avides quand il s'enfonçait en elle. L'ardeur de sa passion entre ses bras. L'intensité du plaisir qui la submergeait…

C'était une princesse à l'époque, mais son comportement n'avait rien à voir avec celui des aristocrates hautains qu'il avait rencontrés auparavant.

C'était peut-être ce qui le frappait le plus aujourd'hui. Il ne restait plus aucune trace de cette jeune fille insouciante et enthousiaste. Il n'avait plus devant lui que la princesse modèle qu'elle avait fini par devenir.

Dommage pour elle d'avoir fait tous ces efforts pour être chassée au bout du compte… Mais il n'éprouvait pas la moindre compassion à son égard.

— Si tu t'apprêtes à me dire que tu refuses que je séjourne sur ton île, je comprends, déclara-t-elle comme si elle lui faisait une faveur. En revanche, je ne vois pas pourquoi tu as éprouvé le besoin de me l'annoncer en m'embrassant plutôt qu'en m'envoyant un mail.

Joaquin réprima un soupir. Il n'en avait aucune idée lui-même, mais pas question de le reconnaître.

— Tu peux séjourner ici. Il y a juste quelques conditions.

— Laisse-moi deviner. Tu as l'intention de m'humilier, répliqua-t-elle, toujours sur le ton de la conversation, toujours impassible.

C'était une tactique de déstabilisation, bien sûr. Souvent utilisée par les femmes puissantes pour désarmer l'adversaire et le duper. Il fallait à tout prix garder à l'esprit qu'elle avait été formée toute sa vie à devenir reine. Elle connaissait toutes les ficelles du métier. L'oublier serait une grave erreur.

Elle esquissa un sourire mais son regard resta froid.

— Ton ego masculin surdimensionné a souffert, si bien qu'aujourd'hui tu comptes prendre ta revanche. Mais tu oublies un détail essentiel, Joaquin.

— J'en doute.

Le sourire d'Amalia s'élargit.

— J'ai déjà été humiliée. Tout ce que je croyais être ma vie m'a été enlevé. Quelle autre humiliation crois-tu pouvoir ajouter à cela ?

Elle émit un petit rire qui n'avait rien à voir avec celui dont il gardait le souvenir. Ce rire éclatant et joyeux qui avait illuminé tout l'été qu'ils avaient passé ensemble.

— J'ai déjà été mise à genoux. Tes petits fantasmes de vengeance ne peuvent être que dérisoires par rapport à ce que j'ai déjà subi.

— Pas du tout, objecta-t-il d'une voix délibérément suave. Mes fantasmes de revanche n'ont rien de métaphorique, princesse. Je te veux réellement à genoux.

À sa grande joie, elle tressaillit de nouveau. Ce fut presque imperceptible, mais il l'étudiait d'un œil trop attentif pour ne pas s'en apercevoir.

— Tu veux que je m'agenouille devant toi ? Ici ?

— Pour commencer.

Tandis qu'elle le regardait comme si elle ne savait plus que penser de lui, il réprima un sourire triomphant. Il avait enfin réussi à la désarçonner. Voilà ce qu'il avait prévu au départ. Avant ce baiser impulsif qu'il n'avait jamais eu l'intention de lui donner.

Quoi qu'il arrive à présent, il avait gagné. Il avait pris le contrôle de la situation. Et c'était déjà un baume sur les cicatrices qu'elle lui avait laissées. Il avait été trop malmené quand il était enfant. En grandissant il s'était juré de devenir assez riche et assez puissant pour que cela ne lui arrive plus jamais.

— Je voudrais m'assurer que je t'ai bien compris, finit-elle par déclarer.

Elle parlait toujours sur ce ton neutre qui le hérissait, mais il avait bien l'intention de le lui faire perdre si elle restait. S'il avait une certitude à son sujet, c'était qu'elle ne pouvait pas rester longtemps de glace avec lui. Beaucoup de choses avaient peut-être changé entre eux, mais le désir restait toujours aussi intense. Toute la pièce, pourtant immense, vibrait d'électricité.

— Tu veux que je m'agenouille devant toi, ici. Parce que… tu penses que tu te sentiras mieux ?

— Ça dépend de ce que tu feras une fois à genoux, Amalia. Je suis certain que tu auras une idée.

— Et moi, qu'en tirerais-je ? demanda-t-elle en riant.

Toujours comme s'ils se trouvaient à un cocktail.

— Je comprends bien l'intérêt de cette petite mise en scène pour toi. D'après ce que j'ai pu voir dans les médias ces dernières années, ce ne sont jamais les femmes qui rompent avec toi. Elles ont plutôt tendance à s'accrocher autant qu'elles le peuvent.

Il eut un haussement d'épaules désinvolte.

— Je suis un excellent amant. Mais ça, tu le sais déjà.

Elle s'empourpra, sans se démonter pour autant.

— Cela ne répond pas à ma question. Quel serait l'intérêt pour moi de faire ce que tu me demandes ?

— À toi de me le dire, rétorqua-t-il d'un ton léger en réprimant un nouveau sourire satisfait.

Elle ne prenait pas ses jambes à son cou. Elle ne tournait même pas les talons d'une démarche altière comme la dernière fois qu'il l'avait vue…

— Je doute que ta reine t'ait brutalement chassée et laissée sans vivres ni autres vêtements que ceux que tu as sur le dos.

— Si tu savais…

— Même si elle a fait ça, il y a des tas d'endroits où tu aurais pu aller. Il me semble qu'il existe plusieurs régions d'Europe spécialisées dans l'accueil de familles royales déchues. Tu es venue ici. C'est un choix qui n'est pas neutre, Amalia.

— Je pensais que ton complexe hôtelier serait plein de clients. Par ailleurs, je reconnais que je suis nostalgique de la seule autre période de ma vie où j'ai été libre de faire ce qui me plaisait. C'est la raison pour laquelle j'ai eu envie de venir ici. Je suis désolée si tu en vois d'autres qui n'existent pas.

— Je ne vois rien du tout. Je t'offre juste un choix. Toi qui affirmes ne jamais avoir été libre, tu es à présent libre de choisir. C'est le cadeau que je suis prêt à te faire. Apprécie ma bienveillance.

— Un cadeau qui nécessite de s'agenouiller.

Le ton d'Amalia était toujours aussi neutre, mais ses joues semblaient un peu plus roses. Quant à la petite veine qui battait à la base de son cou, elle était très révélatrice… Joaquin fut transpercé par une flèche de désir.

— Sur un sol qui paraît très dur, ajouta-t-elle.

— Ah, princesse. Si le sol n'était pas dur, qu'apprendrais-tu ?

Elle émit un petit rire crispé.

— Je n'avais pas compris que c'était une occasion pour moi d'apprendre quelque chose. Stupidement, j'avais l'impression qu'il s'agissait plutôt pour toi de m'humilier.

— Il y a peu de choses plus instructives que l'humiliation. Mais tout ce que je t'ai demandé c'est de t'agenouiller. C'est toi qui trouves ça humiliant, Amalia.

— Je soupçonne que c'est le but.

— Tu me connais bien, acquiesça-t-il d'un ton sarcastique. C'est très simple. Je n'encaisserai pas ton acompte. L'argent de ta reine ne m'intéresse pas. Si tu souhaites rester ici, il y a une seule monnaie d'échange que je suis prêt à accepter.

Il fit une pause en s'efforçant de masquer sa jubilation. Cet instant qu'il avait imaginé jouissif dépassait toutes ses espérances…

— Ton corps.

Elle resta muette un instant, apparemment pétrifiée.

Il s'était représenté la scène de mille et une manières, depuis un départ fracassant dans une explosion de colère jusqu'à une fuite furtive dans un silence honteux.

Avec la certitude que quelle que soit sa réaction, elle endurerait à son tour une cruelle humiliation. Elle qui l'avait pris de haut et lui avait dit qu'il aurait dû se douter qu'un homme comme lui ne représentait rien pour une future reine.

Mais au lieu de tourner les talons et de gagner la sortie d'une démarche raide, elle inclina légèrement la tête en plissant les yeux.

— De princesse à prostituée en une seule traversée d'Île d'Montagne à Cap Morat, quelle trajectoire…

Elle franchit la distance qui les séparait, retira son

étole de ses épaules et la laissa tomber entre eux. Puis elle s'agenouilla d'un mouvement souple. Il fut submergé par une vague de désir d'une puissance inouïe.

— Essaies-tu de me mettre au pied du mur, princesse ? demanda-t-il d'une voix étranglée.

Il fallait à tout prix qu'il parvienne à garder son sang-froid.

— Pas du tout.

Elle leva les yeux vers lui, un demi-sourire aux lèvres.

— Puisque je suis libre de faire tout ce dont j'ai envie, pourquoi pas ça ?

— C'est ce dont tu as envie ? Te rabaisser devant moi ?

— C'est une question de point de vue. Qui te dit que je me sens rabaissée ?

Alors qu'il faisait des efforts surhumains pour se maîtriser, elle posa les mains sur ses cuisses et les fit remonter lentement jusqu'à sa ceinture, qu'elle déboucla. Puis elle ouvrit sa braguette et libéra son membre durci. Au comble de l'excitation, il retint son souffle. *Elle va se relever. S'en aller. Elle va tenter de retourner la situation en sa faveur…*

Mais elle se pencha en avant et referma les lèvres sur son sexe.

# 3.

Plus tard elle s'en voudrait peut-être un peu. Parce que lorsqu'un homme criait vengeance, il n'était sans doute pas judicieux de s'agenouiller devant lui pour lui donner du plaisir comme si elle ne pensait qu'à ça depuis toujours.

Mais pour l'instant elle était incapable de réfléchir. Parce qu'elle savourait de nouveau le sexe de Joaquin. Enfin ! Elle en avait rêvé si souvent pendant cinq ans… Pas question de gâcher une seule seconde de ce moment fabuleux. C'était si excitant de sentir ses doigts s'enfoncer dans ses cheveux… de suivre le rythme qu'il lui imposait…

C'était tout le paradoxe de Joaquin. Jamais elle ne s'était sentie aussi libre qu'entre les mains de cet homme qui lui faisait partager un plaisir plus intense et plus beau que tout ce qu'elle avait déjà vécu. Ce plaisir qu'elle sentait monter en elle tandis que ses doigts se crispaient sur son crâne et que ses coups de reins s'accéléraient. Lorsqu'il laissa échapper un de ses jurons favoris, elle s'agrippa à ses hanches. Quelques secondes plus tard, elle fut balayée par la jouissance en même temps que lui. Elle leva les yeux et fut électrisée par l'image qui s'offrit à elle. Une image gravée dans sa mémoire. Elle l'avait vue tant de fois… Joaquin, la tête renversée en arrière, les yeux mi-clos et les lèvres entrouvertes.

En tant que princesse héritière d'Île d'Montagne, elle avait été préparée dès son plus jeune âge à exercer le pouvoir. Pourtant, elle ne s'était sans doute jamais sentie aussi puissante que dans les moments où elle avait fait sombrer dans le plaisir cet homme imposant.

Aujourd'hui elle n'était plus personne. Juste une femme agenouillée devant un homme, vibrante de désir. Parce que le plaisir qu'elle prenait à le faire jouir n'était qu'un pâle écho de celui qu'il était capable de lui donner.

Joaquin ouvrit les yeux. Plus brillant que jamais, son regard émeraude plongea dans le sien. Puis au bout d'un long moment, il baissa les paupières et se rajusta.

Elle s'assit sur ses talons. Il fallait qu'ils discutent. À présent qu'elle était… elle-même, qui que ce soit, elle pouvait peut-être lui parler avec franchise. Et tenter d'effacer ce qu'elle lui avait dit cinq ans plus tôt pour qu'il la laisse partir. Cette fois elle n'avait plus la hantise de la fin de l'été et du retour à ses obligations officielles. Elle pouvait s'abandonner sans réserve à la passion qui les dévorait toujours et voir où elle menait. C'était une nouvelle sorte de liberté. À supposer, bien sûr, que ce moment ne soit pas la seule chose qu'il attende d'elle. En fait, il allait sans doute s'en aller et la laisser méditer sur le mépris qu'elle lui inspirait. Mieux valait se préparer à endurer sa cruauté. Après tout, elle la méritait…

Amalia fut aussi surprise que soulagée quand Joaquin lui tendit la main. Elle eut une hésitation. Il avait été dur avec elle, aujourd'hui. Ne devrait-elle pas lui reprocher son attitude ? Mais il était vrai qu'elle n'avait pas été tendre non plus avec lui lorsqu'elle l'avait quitté cinq ans plus tôt. Et de toute façon, elle n'était pas certaine d'avoir envie de discuter. Quelle importance, ce qu'il lui avait dit aujourd'hui ou ce qu'elle avait fait autrefois ? La seule chose qui comptait, c'était cette attirance irrésistible qu'ils éprouvaient l'un pour l'autre. Depuis le début. Pour l'instant, elle n'avait qu'une envie. Savourer le fait que les années n'en avaient pas diminué l'intensité.

Elle laissa Joaquin la hisser sur ses pieds. Quel plaisir de sentir de nouveau cette main puissante autour de la sienne ! C'était d'autant plus grisant qu'elle pensait que ça n'arriverait plus jamais. Pendant un moment ils restèrent immobiles, main dans la main, yeux dans les yeux. Puis il l'entraîna à travers le hall et ils sortirent de l'hôtel du côté opposé à celui par lequel elle était arrivée. Elle sentit son cœur s'accélérer. Ce chemin privé qui sinuait à travers les arbres, elle le connaissait. Comme ces marches de pierre qui descendaient le long de la falaise, offrant une vue spectaculaire sur la mer avant d'aboutir à un autre chemin sinueux. Un chemin qui conduisait à la maison du propriétaire. Pas une villa moderne conçue pour accueillir des touristes. Un ancien cachot construit dans la falaise juste au-dessus du niveau de la mer pour donner des frayeurs aux prisonniers. Joaquin avait transformé le labyrinthe de cellules en une demeure austère ouverte sur la mer.

— Le danger est toujours très stimulant, lui avait-il dit la première fois qu'il l'y avait amenée, alors qu'ils étaient allongés sur son lit surélevé tel un autel, avec à leurs pieds les vagues qui se brisaient contre les rochers.

— Tu aurais pu t'installer dans n'importe laquelle des villas de l'île, avait-elle répliqué. Pourquoi avoir choisi une ancienne prison ?

Il avait répondu d'un ton désinvolte :

— Je suis l'enfant de personne. Pratiquement tous les gens que j'ai croisés m'ont prédit que je finirais en prison. Ou pire encore. Le cachot semblait fait pour moi.

Cependant, la maison qu'il avait aménagée n'avait plus rien d'un cachot. Même s'il avait laissé intacts certains éléments de l'architecture initiale. Le hall circulaire entouré de barreaux, par exemple. Un détail qu'elle avait toujours trouvé amusant parce qu'il était aussi impressionnant que le propriétaire des lieux, l'homme le plus imposant qu'elle avait jamais rencontré. Aujourd'hui encore ce détail la faisait sourire, mais c'était plutôt de la nostalgie. La porte habilement restaurée tournait sur ses gonds sans un bruit. Aucun grincement sinistre au moment d'entrer dans la maison. Tout était pareil que dans son souvenir. Du blanc partout, des tapis moelleux aux couleurs vives pour réchauffer le sol de pierre, et de grandes baies vitrées à la place de tous les murs donnant sur l'extérieur. Si bien que lorsque la mer était agitée, les vagues se fracassaient contre les parois de verre. Cette proximité exceptionnelle de l'eau était toujours aussi grisante.

Lorsqu'ils arrivèrent dans sa chambre, Joaquin la prit dans ses bras puis la fit reculer. Quelles étaient ses intentions ? Elle l'ignorait et elle s'en moquait. Ça aussi, c'était grisant. Elle se sentait si libre ! Elle n'était plus la princesse héritière, à qui le devoir interdisait de faire le moindre projet à court ou à long terme avec cet homme. Plus rien ne l'obligeait à accepter un mari choisi par la reine Esme.

Elle pouvait enfin se permettre d'être elle-même. Certes elle ne se connaissait pas encore très bien, mais elle savait au moins une chose. Elle brûlait d'un désir insatiable pour Joaquin Vargas. Il avait imprimé sa marque sur elle cinq ans plus tôt et cette marque ne s'était pas effacée.

Amalia laissa échapper un petit cri étranglé en sentant le mur de pierre dans son dos. Joaquin se pencha vers elle, les yeux plus étincelants que jamais. Elle étudia son visage tout proche. Avec les années il était devenu encore plus beau. Peut-être y avait-il quelques rides supplémentaires au coin de ses yeux. Peut-être ses traits taillés à la serpe s'étaient-ils un peu durcis. Mais il faisait toujours battre son cœur et mollir ses jambes.

Elle effleura du bout des doigts son front, ses sourcils, son nez aquilin, ses pommettes saillantes. Elle s'attarda sur ses lèvres sensuelles. Puis elle termina par ses mâchoires carrées, si viriles. Il murmura quelque chose qu'elle ne comprit pas et captura sa bouche. Les mains posées contre le mur de chaque côté de son visage, il l'embrassa avec une nonchalance exquise avant d'approfondir peu à peu son baiser, tandis qu'elle promenait les mains sur son torse musclé.

Cinq ans plus tôt, il l'avait embrassée de la même manière par une nuit sans lune, sous un palmier dont les feuilles bruissaient sous la brise. Il lui avait appris ce qu'était le désir. Puis il lui avait fait découvrir le plaisir. Lorsqu'il finit par s'arracher à sa bouche, son regard émeraude brillait d'un éclat presque insoutenable. Nul doute qu'il pensait lui aussi à ce baiser qui les avait changés l'un et l'autre. Pour toujours. Cependant, aujourd'hui il y avait aussi une lueur inquiétante dans ses yeux. Sans doute fallait-il se préparer à de nouvelles représailles…

Joaquin secoua la tête et s'écarta d'elle.

— Déshabille-toi, intima-t-il d'un ton brusque. Je veux te voir entièrement nue.

Soulagée, elle n'hésita pas. Elle enleva ses chaussures et baissa la fermeture Éclair latérale de sa robe. La spontanéité de sa réaction lui donna la réponse à une question qui la poursuivait depuis cinq ans. Une fois de retour à Île d'Montagne, elle s'était dit que l'ardeur dont elle avait fait preuve dans les bras de Joaquin pendant tout l'été était due à sa jeunesse et à son inexpérience. Que c'était le premier homme pour qui elle avait éprouvé de l'attirance, d'où son abandon sans réserve et son empressement à satisfaire ses demandes sexuelles. Au fil des années elle avait tenté de se sentir coupable, de se convaincre qu'elle avait trahi son peuple. Elle avait pris conscience qu'un jour Joaquin pourrait très bien révéler aux médias certains détails croustillants de leur relation pour nuire à sa réputation et compromettre son accession au trône. Après tout, vu la façon dont elle l'avait quitté il avait une excellente raison de se venger. Elle s'était fustigée pour son inconscience. Comment n'y avait-elle pas pensé sur le moment ? Comment avait-elle pu se mettre dans une situation aussi compromettante ? La réponse à ces questions s'était imposée d'elle-même. Pendant tout l'été, le désir qui les consumait, Joaquin et elle, avait pris toute la place. Tout le reste avait cessé d'exister. Et une fois l'été terminé elle avait eu beau se sermonner chaque jour pour sa conduite, elle n'avait jamais éprouvé le moindre remords. Parce que son désir pour Joaquin avait continué de la ronger, perturbant son sommeil. Presque toutes les nuits pendant cinq ans elle s'était réveillée, le visage baigné de larmes, en proie à une frustration insupportable.

Pendant des années elle s'était demandé si le temps n'avait pas embelli ses souvenirs et si Joaquin n'était pas un fantasme sans rapport avec la réalité. Aujourd'hui elle avait la réponse. Leur désir mutuel était bien réel et il n'avait rien perdu de son intensité. Elle n'était plus une jeune fille sans expérience, mais elle avait de nouveau une seule envie. Lui donner du plaisir. Pas du tout par soumission. Mais parce que plus elle lui donnait du plaisir, plus elle en prenait. Un plaisir physique, bien sûr, mais pas seulement.

— Je ne sais pas pourquoi j'aime autant faire tout ça, lui avait-elle confié un jour alors qu'elle était assise sur ses genoux dans un fauteuil de sa chambre après l'amour. Ça doit vouloir dire que quelque chose est cassé en moi.

— Je pense que tu considères la question sous le mauvais angle, avait-il répondu.

— Sous quel autre angle pourrait-elle être considérée ?

À l'instant où elle avait posé cette question, elle avait senti le désir l'envahir de nouveau. Quoi qu'ils fassent, elle n'était jamais rassasiée. Dès le premier regard qu'elle avait posé sur Joaquin, les vannes d'un barrage intérieur s'étaient ouvertes. Très vite elle avait eu le sentiment qu'elles ne pourraient se refermer. Et elle ne s'était pas trompée.

Mais cet été-là elle avait préféré éviter d'analyser ce qui lui arrivait. Parce qu'elle savait qu'elle devrait retourner à Île d'Montagne. Elle savait que cette force mystérieuse qu'il avait libérée en elle devrait être domptée. Si elle y parvenait.

— Tu t'inquiètes de ce que les gens pourraient penser au lieu de vivre pleinement sans te poser de questions, avait-il répliqué ce jour-là en posant le menton sur le sommet de son crâne. Je te suggère d'arrêter. Il n'y a personne d'autre que nous dans cette pièce, *cariño*. Il n'y a que toi et moi. Tout ce qui compte, c'est ce que nous ressentons.

Aujourd'hui, dans cette même chambre, alors que les vagues se brisaient sur les baies vitrées, elle était une nouvelle femme. Aujourd'hui, elle pouvait se permettre de faire tout ce dont elle avait envie sans arrière-pensées. D'un mouvement vif, elle se débarrassa de l'armure qu'elle avait mise pour quitter le palais. La robe parfaite qui mettait son corps en valeur sans être trop moulante tomba sur le sol. Elle l'écarta du bout du pied, puis elle ôta son collier de perles et le laissa tomber par terre. Avec une lenteur délibérée elle dégrafa son soutien-gorge et rabattit les bretelles sur ses épaules. Enfin, elle fit glisser sa culotte en dentelle sur ses hanches et la laissa tomber à ses pieds.

Ce fut seulement une fois nue qu'elle plongea son regard dans celui de Joaquin et ouvrit sa barrette, laissant ses cheveux ruisseler sur ses épaules.

Des étincelles jaillirent des yeux émeraude de Joaquin.

Avec un grondement sourd il la souleva de terre et la porta jusqu'au lit, sur lequel il l'allongea avant de se déshabiller à son tour. Avec une hâte indiquant qu'il brûlait du même désir qu'elle. Au comble de l'excitation elle s'apprêta à savourer le spectacle de son corps athlétique, mais elle eut à peine le temps de l'apercevoir avant qu'il la rejoigne et la couvre de baisers voraces.

Lorsqu'il aspira goulûment la pointe d'un sein, elle noua les jambes sur ses reins en gémissant. Elle avait envie de lui… Maintenant… Aurait-elle parlé tout haut ? se demanda-t-elle tandis qu'il se redressa. Il prit un préservatif sur la table de chevet et l'enfila. Puis il s'installa entre ses cuisses et elle noua de nouveau les jambes sur ses reins.

— Joaquin… S'il te plaît…

Au lieu de l'exaucer il la mit au supplice avec des caresses diaboliques, lui arrachant des gémissements étranglés en effleurant son sexe avec le sien. Quand il plongea enfin en elle, le plaisir la balaya aussitôt, avec une violence inouïe. Il s'immobilisa, tendu à l'extrême, faisant visiblement appel à toute sa volonté pour la laisser s'engloutir dans la jouissance sans la rejoindre.

Ce fut seulement quand elle reprit son souffle qu'il commença à aller et venir entre ses reins. Accélérant peu à peu le rythme, il l'emporta dans une nouvelle spirale de feu tourbillonnante. Les ongles enfoncés dans son dos, la tête renversée en arrière, ivre de passion, elle sanglotait de joie. À cet instant, si toute la population d'Île d'Montagne avait été rassemblée au pied du lit, Amalia s'en serait moquée éperdument.

Cette fois, quand le plaisir la submergea, le cri rauque de Joaquin fit écho au sien. Juste avant que toute capacité de réflexion l'abandonne, une évidence s'imposa à elle. Elle n'était peut-être pas celle qu'elle avait toujours cru être, mais ce lien miraculeux avec Joaquin restait intact.

Joaquin était toujours là, et quoi qu'il arrive tout allait bien se passer.

# 4.

Joaquin s'était trompé dans ses prévisions.

Lourdement.

Ils avaient passé la journée dans son lit – et dans toute la maison qu'il avait abandonnée quand Amalia l'avait quitté cinq ans plus tôt. Lorsque la faim avait commencé à les tenailler, il avait préparé un repas dans la petite cuisine qu'il avait installée pour les moments où il n'avait pas envie de retourner à l'hôtel.

Il n'avait pas cessé de se répéter qu'il devait réagir. Reprendre le contrôle de lui-même et réprimer ce désir obsédant qu'elle lui inspirait. En vain. Ils finissaient toujours par se jeter de nouveau l'un sur l'autre pour se redécouvrir encore et encore.

À présent il était tard. Debout devant la baie vitrée, il regardait la lune se lever sur la mer.

Derrière lui la seule créature vivante qu'il avait jamais aimée dormait, les cheveux étalés sur l'oreiller et les joues rougies par l'intensité de ses rêves. Dans lesquels il tenait le premier rôle, sans doute. Comme elle le faisait dans ceux qui peuplaient ses propres nuits beaucoup plus souvent qu'il ne le souhaitait. Il n'avait pas besoin de se retourner pour la voir. Cette image resterait gravée dans sa mémoire.

Comme toutes les autres images d'elle et tous les autres moments partagés avec elle.

Il n'avait jamais douté qu'il assouvirait de nouveau son désir pour elle un jour ou l'autre. Lui qui maîtrisait si souvent le cours du temps et des événements, il avait toujours été persuadé qu'il la rencontrerait de nouveau. Cette envie l'avait rongé pendant des années. Et il l'avait savourée jour après jour, convaincu que c'était la haine qui la nourrissait. Qu'après sa trahison Amalia ne méritait rien d'autre que son ressentiment. Il avait pris un certain plaisir à laisser croître ce dernier, certain que tôt ou tard leurs chemins se croiseraient de nouveau. Et qu'à ce moment-là, il serait prêt.

Ce qu'il avait appris récemment lui avait paru trop beau pour être vrai.

En dépit de l'arrogance insupportable dont elle avait fait preuve à la fin de l'été cinq ans plus tôt – avec ses grands discours sur son rang et ses devoirs envers ses sujets –, il se trouvait qu'en fin de compte elle n'était pas une princesse.

Le trône d'Île d'Montagne ne lui était pas plus destiné qu'à lui, le gamin des rues de Bilbao. Quelle ironie !

Il était bien placé pour savoir ce qu'on ressentait lorsqu'on était chassé et ridiculisé, mais plus personne n'osait lui infliger ce genre de traitement depuis très longtemps. Impossible de nier qu'il avait trouvé très réjouissante l'idée qu'elle subissait à son tour la même humiliation, elle si peu préparée par l'existence à affronter l'adversité.

Peut-être cela le rendait-il aussi cruel qu'on le disait parfois. Même si ceux qui le disaient récoltaient tout simplement ce qu'ils avaient semé.

Quand il avait découvert qu'elle avait osé choisir de

revenir à Cap Morat il s'était attendu à la désirer. Qui ne la désirerait pas ? Elle était d'une beauté indéniable avec ses traits délicats, ses splendides yeux bleus et sa grâce naturelle. Qu'elle n'avait pas hérités d'ancêtres royaux mais fermiers.

Il s'était attendu à la désirer et à savourer le fait qu'ils étaient finalement roturiers l'un et l'autre. Aujourd'hui la seule différence entre eux, c'était qu'il avait gagné son argent. Celui d'Amalia était un cadeau de départ qu'elle avait reçu de la reine, qui avait hâte de voir partir la fermière qu'elle avait élevée comme son héritière. Un détail qui n'était pas encore sorti dans les médias mais qui le serait un jour ou l'autre. De son côté il avait été informé par ses propres sources.

Il s'était attendu à apprécier leurs retrouvailles pour ces différentes raisons. Ce qu'il n'avait pas prévu, c'était la violence du choc qu'il recevrait. Même si cette fois il savait à quoi s'en tenir. Il ne serait plus assez stupide pour l'aimer. Il n'avait pas imaginé que le simple fait de rencontrer son regard lui couperait le souffle.

Il ne lui était pas venu à l'idée qu'elle pourrait encore lui faire un tel effet. Personne n'avait jamais eu ce genre de pouvoir sur lui. Jamais.

Il avait prévu de l'humilier et il s'était réjoui à l'avance, certain qu'il n'aurait aucun mal à y parvenir. Le scénario qu'il avait imaginé était très simple. Il lui ordonnerait de s'agenouiller, elle refuserait et il aurait alors le plaisir immense de la chasser de son île.

Mais elle s'était agenouillée.

À partir de cet instant, il n'était pas sûr d'avoir fait le moindre usage de son cerveau. Allons, pourquoi se mentir ? Il savait que non. Joaquin continua de contempler le clair de lune sur la mer, désespérant de lui-même.

— Tu as l'air redoutable qui convient à un homme vivant dans un cachot à moitié immergé dans la mer. Même de dos.

Il ne réagit pas. Dans un bruissement d'étoffe, Amalia le rejoignit, enveloppée dans le drap. Un simple drap qui sur elle devenait un vêtement d'un raffinement extrême. Comme s'il avait été créé pour épouser ses formes et coupé dans de la soie tissée par la lune elle-même.

— Je vais être honnête avec toi. Je vais t'avouer une chose que je ferais sans doute mieux de garder pour moi, murmura-t-elle comme si la pièce était devenue un confessionnal.

Il sentit son cœur se serrer. Les yeux fixés sur la mer elle était préoccupée, à en juger par le pli qui marquait son front. Un pli dont il gardait le souvenir mais qu'il n'avait plus vu depuis des années, ni lors de ses apparitions dans les médias ni aujourd'hui. Sa chevelure brune ruisselait dans son dos, tout ébouriffée. Il avait l'impression d'être revenu cinq ans en arrière. Au cœur de l'été, avant qu'elle se transforme en statue de pierre. Avant qu'elle se conduise comme si rien de ce qui s'était passé entre eux n'avait la moindre importance pour elle.

Il revoyait tout à coup la jeune Amalia pleine d'enthousiasme qu'il avait connue à l'époque. Si différente de la princesse héritière qui par la suite mesurait chacun de ses mots, visiblement consciente que tout ce qu'elle disait pouvait être retenu contre elle.

— Depuis quand est-il question d'honnêteté entre nous ? demanda-t-il d'une voix qu'il ne reconnaissait pas. Ce n'était pas le cas autrefois.

— J'ai toujours été honnête avec toi, Joaquin. Tout l'été, et aussi à la fin. Aurais-je pu modérer mes propos ? Certainement, et je regrette de ne pas l'avoir fait. Mais le message serait resté le même. Il n'y avait aucune chance que la reine Esme donne son consentement à notre relation. Qu'est-ce qui aurait pu enjoliver cette réalité ?

Joaquin serra les dents. Il n'avait aucune envie de revenir là-dessus.

— C'est ça, l'honnêteté dont tu parles ? Je préfère m'en passer.

Elle s'adossa à la baie vitrée et leva le visage vers lui.

— J'étais convaincue qu'aucune expérience ne pouvait être aussi intense que celle que nous avons vécue ensemble cet été, murmura-t-elle d'une voix rauque. Je me trompais.

Il baissa les yeux vers elle, conscient que c'était dangereux. Ses cheveux étaient tout emmêlés à cause des doigts qu'il avait plongés dedans. Ses lèvres étaient gonflées par ses baisers. Et s'il ne se trompait pas, sa barbe naissante avait laissé des traces sur la peau de son cou.

C'était comme ça qu'il l'aimait. Marquée par leur passion mutuelle. Comme si elle lui appartenait. Mais ce n'était qu'une illusion…

— C'est uniquement à cause de cette intensité que je t'ai laissée revenir ici, reconnut-il.

Il aurait peut-être mieux fait d'éviter cet aveu, mais au moins il pouvait observer de près sa réaction.

Elle cilla. Une fois. Rien de plus.

Puis la Amalia du passé, la Amalia qu'il adorait disparut. Son visage devint lisse et serein.

Un spectacle sinistre, à son goût. Le cœur de Joaquin se serra douloureusement. Comme la jeune fille rayonnante et spontanée d'autrefois lui manquait ! Mais sans doute n'avait-elle pas réellement conscience du changement radical qui s'était opéré en elle.

— Joaquin, j'espère que tu sais qu'il n'y a pas eu un seul jour…

Il la réduisit au silence en posant la main sur sa bouche. Ses yeux s'agrandirent. Aussi bleus que la mer l'était en plein jour. Et aussi traîtres.

S'il y avait une chose qu'il ne devait pas oublier, c'était bien celle-ci.

Elle avait représenté pour lui l'exception qui confirmait la règle, mais au bout du compte elle n'avait pas été à la hauteur. Il s'était mis à nu devant elle, lui dévoilant des parts de lui-même dont il ignorait l'existence avant de la rencontrer. Il n'avait jamais accordé ce privilège à personne d'autre.

Et elle avait piétiné ce cadeau. Peu importaient ses raisons.

Une nouvelle trahison était inévitable et il ne la supporterait pas.

La vie avait été dure pour lui quand il était enfant et adolescent, mais c'était sa vie. Il ne s'était jamais plaint. Il avait consacré toute son énergie à se hisser hors du trou dans lequel il se trouvait en vertu de sa naissance. La rage et la rancune l'avaient poussé à bâtir son empire. Il n'y avait jamais eu aucune douceur en lui, jamais. Jusqu'à ce qu'il rencontre une princesse sur son île.

Elle avait fait naître en lui des *sentiments*. Puis elle l'avait quitté. Impossible de lui pardonner ça.

Pas question d'envisager un seul instant d'aller dans cette direction. S'il avait pu s'arracher le cœur de ses propres mains et s'en débarrasser, il l'aurait fait. Mais il était toujours là, dans sa poitrine, et il n'avait plus l'intention de l'exposer au moindre risque.

Aujourd'hui, il s'agissait de se venger. Rien d'autre.

Sans enlever sa main de la bouche d'Amalia, il déclara :

— Il n'y a que deux choses, peut-être trois, que je souhaite que tu fasses avec ta bouche. Parler n'en fait pas partie.

À son grand dépit, il sentit son sourire sous sa paume. Puis elle libéra sa bouche pour qu'il voie bien son sourire. Ce n'était pas ça qui allait l'aider à rester ferme dans ses résolutions. Parce qu'elle avait peut-être changé depuis cinq ans, mais elle le regardait toujours comme s'il était une créature sublime qui l'émerveillait.

— Personne ne m'a jamais parlé comme tu le fais, répliqua-t-elle sans cesser de sourire.

Ses yeux étaient aussi brillants que le reflet de la lune sur la mer.

— Je ne sais pas pourquoi ça me plaît toujours autant. Quand j'étais une princesse héritière que tu avais le pouvoir de transformer en femme folle de désir, ça pouvait se comprendre. Mais aujourd'hui je ne suis plus qu'une femme ordinaire et tu me fais toujours le même effet.

Non, pas question de l'écouter. L'idéal serait vraiment de pouvoir l'obliger à garder le silence. Il avait toujours autant envie d'elle. Apparemment, ça ne changerait jamais. Inutile de se faire des illusions.

Cependant, il n'avait aucune raison de prendre le risque de la trouver de nouveau attachante. Cinq ans plus tôt, trouver Amalia attachante avait été le désastre qui avait précipité tout le reste. Avait-il déjà rencontré quelqu'un d'autre attachant ? Non. C'était un luxe qu'il n'avait jamais pu s'offrir. Il avait longtemps vécu d'expédients dans la rue, considérant les autres comme des cibles tandis qu'il se préparait à quitter Bilbao. Par la suite il avait appris tout seul les rudiments de la finance, parce qu'il avait rencontré à Madrid un groupe de banquiers d'affaires virtuoses qui lui avaient conseillé d'un ton sarcastique de chercher un emploi.

— Je prendrai le vôtre, avait-il répliqué.

Et il l'avait fait. En rachetant tout ce à quoi avaient touché ces banquiers avec leurs sales pattes, puis en les renvoyant les uns après les autres. Une expérience particulièrement réjouissante.

Il n'avait jamais eu d'amis. Il n'avait eu que des alliés ou des ennemis. Rien entre les deux. Celui qui était un ami un jour devenait souvent un ennemi le lendemain. Il ne le savait que trop bien.

C'était seulement lorsque son Altesse Royale la princesse Amalia l'avait regardé comme s'il était une pure merveille – là, sur une petite terrasse qu'il avait construite au soleil de l'Espagne – qu'il avait découvert qu'il existait autre chose.

Au départ il n'avait pas compris quoi. Quel était ce penchant incontrôlable qu'il ressentait quand il était auprès d'elle ? Ce n'était pas du simple désir. Ça, il en avait l'habitude. Il avait toujours eu un solide appétit dans ce domaine.

Avec Amalia c'était différent. Il ne désirait pas seulement son corps. Il avait soif de sa compagnie.

Et voilà où ça l'avait mené.

Il ne pouvait pas se permettre de renouveler les erreurs du passé.

— Tu étais vierge, dit-il. C'est là l'explication.

Le front d'Amalia se plissa de nouveau. Elle allait discuter. Dire quelque chose qu'il allait ignorer sur le moment, puis ruminer ensuite pendant une éternité. Mieux valait la réduire au silence.

Il s'empara de sa bouche. Puis il lui fit lâcher le drap et le laissa tomber à ses pieds avant de la soulever de terre. S'il se gorgeait d'elle jusqu'à plus soif il finirait bien par exorciser ce démon qui le possédait. Il la porta jusqu'au lit et s'y laissa tomber avec elle. Ses soupirs étaient mélodieux comme la plus douce des musiques. Son corps était une véritable drogue.

Cependant, la situation avait changé depuis leur rencontre. Elle n'était plus vierge et il savait à quoi s'attendre. Il n'était plus assez stupide pour baisser sa garde. Il n'avait plus aucune raison de prendre des gants avec elle. Il pouvait la traiter comme les autres femmes, à qui il faisait comprendre clairement qu'il ne fallait rien attendre de lui. Si certaines n'appréciaient pas sa franchise, il n'hésitait pas à aller voir ailleurs.

Joaquin Vargas avait la réputation d'être un homme d'affaires impitoyable et parfois cruel. Avec les femmes il adoptait le même comportement.

Celui qui lui avait permis de survivre quand il était dans la rue.

Et qui allait l'aider aujourd'hui à ne pas tomber dans les mêmes erreurs qu'autrefois avec Amalia. Il allait la traiter comme n'importe quelle obsession. S'y abandonner totalement, sachant que tôt ou tard il finirait par arriver à saturation et qu'elle se dissiperait d'elle-même.

Alors peut-être il serait libre.

C'était ce qu'il voulait, se dit-il avec force en s'enfonçant au plus profond d'elle.

La liberté avant tout. Parce que rien d'autre n'avait jamais duré.

Bientôt il quitterait de nouveau cette île, mais cette fois il n'emporterait pas le souvenir d'Amalia, incrusté dans son cœur, dans son sexe et dans les rêves qui le hantaient la nuit.

Cette fois il serait libre.

# 5.

Les jours se fondirent en une semaine. Puis deux.

Il était tentant d'imaginer qu'elle avait toujours vécu là, sur Cap Morat, dans l'ombre de l'ancienne forteresse. Amalia avait parfois l'impression qu'elle était née sous le soleil espagnol et la caresse de la brise de mer. Qu'elle était depuis toujours une créature sensuelle et oisive qui baignait dans un présent perpétuel.

Un matin elle emprunta son chemin favori, qui faisait le tour de l'île en longeant des criques rocheuses ou en grimpant jusqu'au sommet de falaises escarpées. À chaque pas il offrait une vue spectaculaire sur la mer. Et sur l'hôtel, situé sur le point le plus élevé de l'île. Elle appréciait beaucoup le fait de ne pouvoir aller nulle part sans voir l'ancienne forteresse. Comme si celle-ci veillait sur elle, empêchant son passé de la rattraper.

C'était une idée très réconfortante.

Joaquin avait rappelé une petite partie du personnel. Son cachot semi-immergé comprenait un bureau dans lequel il se barricadait de temps en temps pour se consacrer à ses affaires. Quand il en sortait il n'avait pas toujours la patience de cuisiner, si bien que deux ou trois jours après l'arrivée d'Amalia les employés chargés de la cuisine et du ménage, ainsi que quelques autres occupant des postes clés, étaient revenus.

Amalia offrit son visage au soleil tout en marchant. La brise de mer était rafraîchissante, mais elle devait tenir régulièrement son chapeau pour l'empêcher de s'envoler.

Avec le recul, toute sa vie lui semblait irréelle. Son enfance avait été une succession monotone de cours de formation à ses responsabilités, d'événements officiels assommants et de mises en garde de la part de sa mère à propos de ce qui risquait d'arriver à une jeune reine si elle n'était pas prudente. Alors qu'on ne lui avait jamais laissé l'occasion de commettre la moindre imprudence.

Et puis un jour, un jaillissement de couleur. Une explosion de sensations. La vie, enfin, était venue à elle sur cette île. Cet été-là elle avait vécu une vie entière. Et elle en avait eu conscience sur le moment. Elle s'était exhortée à savourer pleinement chaque bribe de couleur et de sensation, parce qu'elle devrait vivre sur leur souvenir jusqu'à la fin de ses jours.

Elle avait vraiment fait preuve d'un grand sens du devoir le jour où elle était partie sans un regard en arrière pour se plonger de nouveau dans ses responsabilités.

Et voilà qu'aujourd'hui elle était de retour. Lentement, elle redevenait vivante.

Ce que cela impliquait à long terme, elle l'ignorait. À un moment ou à un autre, il faudrait qu'elle trouve quelque chose à faire de sa vie. Elle savait – comme le monde entier, selon Joaquin – qu'Esme lui avait donné assez d'argent pour pouvoir subsister jusqu'à la fin de ses jours sans rien faire.

Elle aimerait considérer ça comme un cadeau, et même comme une preuve d'affection, mais elle connaissait Esme. Elle savait que c'était plus compliqué que cela.

Le souhait d'Esme, en tant que reine, c'était qu'on

n'entende plus jamais parler de sa fausse fille. Afin que la monarchie soit préservée de tout scandale. Cependant, elle savait qu'Esme était sincèrement attachée à elle et qu'en dépit de tout elle aurait sans doute aimé garder auprès d'elle la fille qu'elle avait élevée… Mais elle ferait toujours passer son trône et Île d'Montagne avant tout le reste. Et elle espérait sans doute que, conformément à l'éducation qu'elle avait reçue, sa fausse fille en ferait autant. Qu'elle choisirait une vie calme, éloignée des projecteurs, qui ne porterait pas préjudice au trône.

C'était également ce que souhaitait Amalia. Parce qu'elle n'avait pas cessé d'aimer Île d'Montagne ni Esme à cause de quelques tests sanguins. Mais si elle choisissait de mener une existence discrète, restait à savoir où elle s'installerait et comment elle s'occuperait.

Ici, à Cap Morat, sa vie était une fête des sens perpétuelle.

Elle nageait dans toutes les piscines comme si elle devait les tester, sans parvenir jamais à décider laquelle était sa préférée. Le bassin à débordement perché en haut de la falaise, depuis lequel on avait l'impression de pouvoir toucher l'horizon ? La piscine à quadruple bassin située à côté de l'hôtel, en partie à l'ombre et en partie au soleil ? Comment choisir ? Il y avait également plusieurs bains nordiques, particulièrement agréables la nuit. L'un d'entre eux, niché au creux des rochers devant la villa cachot de Joaquin, était régulièrement éclaboussé par les vagues. Les douches vivifiantes qui en résultaient offraient un contraste délicieux avec la chaleur de l'eau.

Et bien sûr, si elle avait envie de se baigner dans la mer, elle avait l'embarras du choix entre de nombreuses criques. Quand elle ne nageait pas, elle parcourait l'île à pied, explorant les coins et les recoins qui lui avaient échappé lors de son séjour précédent.

Lorsqu'elle se surprenait à penser à Île d'Montagne, à Esme ou à la fermière du Kansas qu'elle était en réalité, elle s'arrêtait pour inspirer profondément et s'imprégner encore davantage de la beauté du paysage. Pas pour fuir la réalité mais parce que la plupart des problèmes liés à cette réalité ne la concernaient plus, même si elle avait encore du mal à s'en persuader.

Elle nageait. Elle marchait. Et quand elle avait faim elle faisait une pause pour manger. Et manger encore. La cuisinière qualifiait sa cuisine d'européenne. Elle préparait des plats de différents pays, les combinant parfois selon son inspiration. C'était succulent et, pour la première fois de sa vie, Amalia mangeait sans se priver.

Pourquoi surveiller sa ligne ? Pourquoi s'inquiéter de l'image qu'elle offrirait sur les photos, officielles ou volées ? Au fil des années elle avait été obligée de suivre un régime de plus en plus strict pour continuer à peser sept kilos de moins que ce qu'elle considérait comme son poids normal. Ça faisait tout simplement partie de ses nombreuses responsabilités. Quel luxe de pouvoir prendre un dessert à tous les repas sans culpabiliser !

Après le déjeuner elle faisait la sieste au soleil ou sous un parasol. Cependant, tous ces plaisirs qui jalonnaient ses journées n'étaient rien en comparaison de ceux qu'elle partageait avec Joaquin.

Certains jours il était dur et déterminé à la punir. Mais les punitions qu'il lui infligeait étaient d'un érotisme torride qui la comblait.

D'autres jours, il était d'humeur enjouée. Il la rejoignait dans une des piscines ou ailleurs pour lui faire l'amour. Parfois dans un coin ombragé, parfois en plein soleil, toujours avec passion.

Cinq ans plus tôt il se réfrénait. Elle en prenait conscience aujourd'hui. À présent, il ne réprimait plus son ardeur et il n'hésitait pas non plus à lui donner des ordres. Certains jours il lui intimait par exemple de rester au lit la journée. Il la rejoignait à chaque fois qu'il en avait le temps entre deux visioconférences. Et bien sûr, chacune de ses visites était un feu d'artifice sensuel.

Le corps et l'esprit d'Amalia étaient tout entiers habités par Joaquin. Si bien qu'un mois entier s'écoula avant qu'elle prenne la peine de consulter son téléphone.

C'était un jour inhabituellement pluvieux. Joaquin travaillait dans son bureau. Elle monta à grands pas le chemin de pierre qui conduisait à l'hôtel, où les employés avaient allumé du feu dans la grande cheminée du hall. Elle se pelotonna sur un canapé devant celle-ci, glissa ses pieds nus sous une couverture et alluma son téléphone.

— Tu es sûre de vouloir faire ça ? se demanda-t-elle à mi-voix.

La réponse était non. Elle n'en avait aucune envie. Elle était parfaitement heureuse comme elle était, coupée du monde. Mais tôt ou tard il faudrait bien affronter de nouveau la réalité.

Une heure plus tard elle avait effacé tous les messages provenant de soi-disant journalistes. Elle avait consulté le réseau social sur lequel elle avait un compte accessible à un nombre très restreint de personnes, qu'elle connaissait personnellement et qui détestaient autant qu'elle la publicité. Et elle avait été touchée de constater que tout le monde avait tenu à s'assurer qu'elle allait bien.

À sa grande surprise, il y avait aussi trois messages vocaux. Le premier avait été laissé par la reine Esme pour demander de ses nouvelles. Son ton froid pouvait paraître peu engageant, mais elle connaissait Esme. Le seul fait qu'elle ait appelé était inespéré. Parce que pour faire cette démarche qu'elle devait estimer d'un sentimentalisme déplacé, elle avait dérogé à tous ses principes.

Le deuxième message était déroutant. Il provenait de Delaney Clark, sa remplaçante. Ou plutôt de la véritable princesse.

*Je souhaiterais vous parler, si cela ne vous paraît pas trop étrange. Rien de grave. C'est juste que vous avez été formée pendant vingt-cinq ans à occuper cette fonction. C'est donc vous l'experte. J'aimerais faire appel à vos lumières.*

D'abord déterminée à effacer ce message, Amalia s'était ravisée sans trop savoir pourquoi. Elle ne voulait plus rien avoir affaire avec le palais. Et encore moins avec la véritable princesse héritière. Pourquoi retournerait-elle là-bas ? Pourquoi s'impliquerait-elle dans une vie qui n'était plus la sienne ? Elle avait toutes les raisons d'effacer ce message mais elle ne l'avait pas fait.

Le troisième était encore plus surprenant que les précédents. La voix était celle d'une femme d'un certain âge.

*Bonjour, Catherine Clark à l'appareil. Je suis votre… Je ne sais pas comment me désigner. Mais je veux que vous sachiez que je savais. J'ai su tout de suite qu'on m'avait apporté un bébé qui n'était pas le mien, mais tout le monde m'a dit que je me faisais des idées. Que je manquais de sommeil.*

*Mais moi je savais. J'ai aimé la fille que j'ai élevée. Je l'aime toujours. Et je n'attends rien de vous si vous ne souhaitez pas entrer en relation avec moi. Mais je voulais que vous sachiez que… je vous aime aussi. Et que vous m'avez manqué.*

Amalia resta un long moment immobile à fixer le feu sans le voir après avoir entendu ce message. C'était comme s'il avait criblé son cœur de petits trous. Mais il avait également fait resurgir des souvenirs qu'elle avait refoulés parce que s'apitoyer sur soi-même ne servait à rien. Mais à présent elle se revoyait à sept ou huit ans en train de sangloter dans sa chambre. La reine l'y avait renvoyée parce qu'une fois de plus elle l'avait trouvée trop bruyante. Effroyablement vulgaire. Elle avait pleuré toutes les larmes de son corps et elle avait espéré qu'elle était une enfant adoptée.

Au lieu d'imaginer qu'elle était une princesse cachée, comme le faisaient certaines filles d'après ce qu'elle savait, elle avait rêvé d'être quelqu'un d'ordinaire. Avec une mère ordinaire mais aimante à la place d'une reine glaciale qui l'accablait de reproches.

Un autre souvenir s'imposa à Amalia. Une visite qu'elle avait rendue en compagnie d'Esme à une famille réunie autour du lit de la plus jeune des filles, atteinte d'un cancer. Contre toute attente personne ne semblait triste. Tout le monde plaisantait, racontait des histoires, se tenait la main.

L'atmosphère était chaleureuse et les visages radieux, même face à l'impensable. Esme et Amalia étaient restées silencieuses à l'arrière de la voiture qui les avait ramenées au palais. Personne ne parlait tant que la reine gardait le silence, et Amalia avait appris depuis longtemps qu'il valait mieux éviter toute entorse au protocole en présence d'Esme.

Pendant tout le trajet elle s'était demandé comment serait sa vie si elle avait une famille comme celle qu'elles venaient de quitter. Une famille au sein de laquelle le plus important était d'être ensemble, quoi qu'il arrive.

Et pendant tout ce temps, elle avait une vraie mère sans le savoir. Pas une reine. Une mère qui lui avait téléphoné alors qu'elles ne se connaissaient pas, juste pour lui dire qu'elle était aimée. Jamais Esme ne ferait une chose pareille. Cela ne lui viendrait même pas à l'idée. Un jour, elle avait osé lui demander si elle avait aimé son mari – censé être son propre père –, le regretté Jean-Philippe, mort peu de temps après sa naissance.

— Beaucoup de roturiers affirment qu'ils ont l'amour et le bonheur, avait répondu la reine. Pour notre part, nous avons l'histoire. Un héritage.

— Ne peut-on pas avoir les deux ? avait-elle demandé. D'un ton trop fervent.

Esme l'avait regardée avec un air de commisération. À l'époque elle avait douze ans et elle lisait en cachette sous les draps des romans sentimentaux qui lui étaient interdits mais qu'elle dérobait aux employées du palais.

Ces lectures lui avaient donné du courage. Elle avait soutenu le regard de la reine. À douze ans, elle avait eu l'impression de remporter une victoire.

— Non, mon enfant, avait répondu calmement la reine. Il faut faire des choix dans la vie. Personne ne peut tout avoir. Seuls les inconscients essaient.

C'était peut-être la seule fois où elles avaient abordé le sujet de l'amour, songea Amalia, toujours pelotonnée devant la cheminée. À l'époque elle avait été affligée d'apprendre que ses parents ne s'étaient jamais aimés.

Et elle avait également compris qu'elle avait peu de chances d'être autorisée à se marier par amour, si par hasard elle le rencontrait un jour.

Cela n'aurait pas dû la surprendre puisque Esme ne lui avait jamais dit « Je t'aime ». La reine aurait considéré ça comme une faiblesse, alors qu'elle tenait à faire de la princesse héritière quelqu'un de fort, de solide. Capable de tout affronter. L'amour n'avait rien à voir avec ça.

Mais aujourd'hui, elle avait dans la main un téléphone qui contenait un message prouvant qu'à des milliers de kilomètres la femme qui lui avait donné le jour ne craignait pas l'amour. Et n'hésitait pas à le lui faire savoir. Elle devrait s'en réjouir. Au lieu de cela elle était profondément bouleversée.

Tout à coup elle eut l'impression que l'atmosphère changeait autour d'elle. Sans doute la pluie avait-elle cessé de tomber. Elle leva les yeux pour vérifier. Et elle vit Joaquin. Vêtu d'une chemise blanche et d'un pantalon noir trempés qui moulaient chacun de ses muscles, il était plus sexy que jamais. Et il la regardait d'un air étrange…

— Tu es là depuis longtemps ?

— Non, répondit-il sans s'approcher d'elle. Tu sembles… triste.

Elle baissa les yeux sur son téléphone et secoua la tête.

— Pas triste. Pas vraiment. Ma situation requiert une certaine dose d'introspection, c'est tout. Et je débute dans ce domaine.

Dehors la pluie redoubla de vigueur, cinglant la pierre avec un bruit sec.

— Dans ma vie antérieure, toutes mes pensées ou tous mes sentiments devaient être soigneusement masqués afin de ne pas nuire à mon image. Une image que je n'avais pas choisie. Le rôle m'était imposé et j'étais censée le jouer. La jeune fille que tu as connue ici il y a cinq ans… ce n'était pas moi. C'était une anomalie qui fuyait la réalité.

Joaquin pinça imperceptiblement les lèvres mais il resta silencieux.

— Je ne me plains pas, poursuivit-elle. C'est juste une constatation. Ma… La reine Esme estime que si la famille royale détient le pouvoir, elle a également des obligations envers le peuple. Entre autres, celle de lui offrir l'image qu'il attend d'elle et de rester fidèle à cette image. La reine estime également qu'il est essentiel de garder une grande part de mystère. C'est sans doute une chose difficile à comprendre pour toi. Je soupçonne que tu es toujours toi-même, partout où tu vas.

Cinq ans plus tôt, elle avait été très impressionnée par l'assurance sans faille de Joaquin. Un jour elle lui avait dit qu'il devait bien lui arriver de temps en temps d'être en proie au doute. Il lui avait répondu que pendant de nombreuses années il n'avait pas pu se permettre de douter, et que depuis qu'il pouvait tout se permettre il n'avait aucune raison de le faire.

Elle se souvenait d'avoir pensé *j'aimerais être capable moi aussi d'avancer dans la vie de cette manière*. Sans doute était-ce ce qu'elle avait tenté de faire quand elle l'avait quitté à la fin de l'été.

Toujours immobile devant elle, il acquiesça d'un hochement de tête.

— Et je vais te confier un petit secret.

Elle resserra la couverture autour d'elle.

— J'aimais jouer ce rôle qui était le mien. Certaines contraintes me pesaient, mais le rôle de princesse héritière ? Il me plaisait. Je savais que je pouvais être utile aux gens et je faisais tout ce qui était en mon pouvoir pour atteindre cet objectif. Je faisais également des efforts pour soigner mon image. Pour être toujours avenante. Attentive. Compatissante. Agréable mais sérieuse. À la fois proche et distante, ce qui n'est pas toujours facile. Et il se trouve que pendant toutes ces années, ce rôle que je m'efforçais de jouer au mieux n'était pas le mien, conclut-elle en crispant les doigts sur son portable.

Joaquin scrutait son visage comme s'il cherchait la réponse à une question essentielle.

— On dit que tu vivais uniquement pour la couronne. Que ta popularité t'épanouissait et que sans elle tu vas dépérir.

— Si la popularité était aussi indispensable à mon épanouissement, ce serait grave. Parce que, au bout du compte, nous sommes tous ni plus ni moins que des êtres humains, non ?

— Il y a différentes sortes d'êtres humains. La plupart d'entre eux sont faibles.

Étouffant un petit rire tremblant, elle écarta une mèche de son visage.

— Tout le monde connaît ton histoire. Comparé à toi, n'importe qui est faible.

— Je doute que tu saisisses vraiment ce que ça veut dire. Tu n'as jamais su ce que c'est d'être seul au monde, princesse. Personne qui veille sur toi. Personne qui tient à toi. Quand j'étais enfant, j'aurais pu mourir sans que personne le remarque.

Le cœur d'Amalia se serra. Jamais il n'avait dit les choses aussi clairement… Elle eut envie de lui tendre la main, de le toucher pour le réconforter, mais elle n'osa pas.

— C'est affreusement triste.

— Pas du tout. La vie n'est qu'une question de survie. Ma grande chance, c'est de l'avoir toujours su. Je ne l'ai pas appris tard, comme certains.

— Ce dont tu parles, c'est l'existence, objecta-t-elle avec une conviction qu'elle ne se connaissait pas. Vivre, c'est autre chose. Vivre, ça implique la lumière, l'amour. N'importe qui peut exister. C'est ce que font la plupart des gens. Mais c'est seulement quand on embrasse la vie qu'on devient vraiment vivant. Et c'est ça qui compte.

Ses paroles semblèrent rester en suspension dans l'air, tandis que Joaquin s'avançait vers elle.

— Et comment peux-tu le savoir ? demanda-t-il d'une voix dans laquelle perçait une pointe d'ironie. Toi qui as joué pendant des années un rôle qui n'était pas le tien ? Est-ce que tu considères avoir été *vivante* ?

— Je ne peux rien changer à la vie qu'on m'avait présentée comme étant la mienne et que j'ai essayé de vivre comme on l'attendait de moi.

Elle releva le menton, les doigts toujours refermés sur son portable. Pas question de se laisser intimider. Pas aujourd'hui. Le message inattendu qu'elle avait reçu la rendait plus forte.

— Tout ce que je peux faire, c'est mener la vie que je veux à partir de maintenant.

— Tu devrais savoir que personne n'obtient jamais complètement ce qu'il veut. La vie est une succession de compromis. Je ne pense pas que celle qui est devant toi ressemblera à ce que tu souhaites.

Parce qu'il n'en ferait pas partie. Il ne le disait pas mais c'était ce qu'il fallait entendre, bien sûr. Comme si elle n'était qu'une de ces nombreuses maîtresses qui s'accrochaient à lui. C'était le sentiment qu'il voulait lui donner. Elle en était certaine.

— Au contraire, je sais que ma vie sera exactement celle que je souhaite, rétorqua-t-elle. Parce que je n'ai pas peur de vivre. Je n'éprouve pas le besoin de conquérir tout ce qui se trouve sur mon chemin. Ni de gagner à tout prix. La différence entre toi et moi, Joaquin, c'est que je veux juste être heureuse.

— Non, princesse.

C'était la deuxième fois qu'il l'appelait ainsi aujourd'hui. D'un ton sarcastique qui lui donnait la chair de poule. Elle n'aimait pas ça du tout. Mais c'était sans aucun doute le but recherché. Il faisait ça pour la déstabiliser. Eh bien, plutôt mourir que de lui montrer qu'il réussissait.

— La différence entre toi et moi, c'est que je sais que le bonheur est un mirage, poursuivit-il.

Puis il se pencha vers elle pour la hisser sur ses pieds et la prendre dans ses bras. La couverture glissa sur son corps et son téléphone tomba par terre avec un bruit sec. Mais elle s'en moquait. Parce que la bouche de Joaquin dévorait la sienne et que tout le reste semblait dérisoire.

Tout ce qu'elle voulait, c'était lui.

Il la souleva de terre et traversa le hall à grands pas. Elle ne comprit où il l'emmenait qu'en sentant la pluie sur elle. En quelques secondes ils furent trempés. Lorsqu'il la reposa sur ses pieds, elle jeta un rapide coup d'œil autour d'eux. Ils se trouvaient à proximité d'une des petites piscines, dont la surface était criblée d'impacts de gouttes énormes. Il la fit reculer contre le palmier qui se trouvait derrière elle, lui enleva sa culotte et ouvrit sa braguette.

C'était comme si la tempête faisait rage en eux

comme autour d'eux. Il la souleva contre le tronc et s'enfonça en elle en même temps qu'elle nouait les jambes autour de sa taille.

À chaque fois, c'était plus fantastique. À chaque fois elle se disait que ça ne pourrait jamais être plus intense, plus exaltant. Que leur passion avait atteint sa limite, qu'elle ne pourrait être plus impétueuse, plus magnifique. Et à chaque fois, Joaquin lui prouvait qu'elle s'était trompée.

Lorsqu'elle se tendit contre lui en hurlant de plaisir sous la pluie battante, il émit un rugissement de grand fauve. Puis il se retira d'elle juste avant d'être submergé par la jouissance.

Une fois de plus, il n'avait retrouvé la raison qu'au tout dernier moment.

— Attention, murmura-t-elle d'une voix qu'elle ne reconnut pas.

Une voix altérée par la passion.

— Un de ces jours, je vais tomber enceinte et tu ne seras jamais débarrassé de moi.

Lorsque ses pieds nus heurtèrent brutalement le sol et qu'elle rencontra le regard effaré de Joaquin, elle comprit à quel point il était secoué par cette remarque.

# 6.

Deux secondes plus tôt, il était si brûlant qu'il s'attendait à ce que la pluie s'enflamme comme du pétrole au contact de sa peau, et tout à coup il était glacé jusqu'à l'os.

— Pourquoi me regardes-tu comme ça ? demanda Amalia.

Dans sa robe trempée qui moulait son corps sublime, les cheveux dégoulinants, elle était d'une beauté surnaturelle. Comme si elle s'était métamorphosée en divinité mythologique.

Heureusement, il ne croyait pas à la mythologie. Et c'était sans doute une chance qu'elle ait attiré son attention sur son irresponsabilité inouïe.

— Il n'y aura pas de grossesse, Amalia. Jamais.

Elle le regarda comme s'il était tout à coup très loin d'elle. Sauf que ce n'était pas soudain. Il était toujours loin. Toujours *autre*. Et toujours surpris quand les gens tardaient à prendre conscience qu'il n'était pas un être policé. Pas comme eux. Pas comme elle.

— Officiellement je suis orphelin, mais en réalité personne ne sait si c'est exact, se surprit-il à ajouter.

Alors qu'il ne parlait jamais de ça. Les médias avaient recours à des euphémismes pour décrire son enfance. « Origines modestes », « grande pauvreté ». Ce qui aboutissait à des versions édulcorées d'une période de désespoir absolu et de terreur permanente. À Amalia il n'avait pas donné davantage de détails. Il préférait éviter qu'elle puisse l'imaginer faible et sans défense. Pourtant, aujourd'hui quelque chose le poussait à parler. Pourquoi ? Il n'en savait rien.

— Mes parents sont peut-être encore en vie. Je n'ai jamais cherché à le savoir. Mais si c'est le cas, je suis certain que la drogue et l'alcool ont provoqué leur déchéance depuis longtemps. Peut-être ont-ils été victimes de la violence qui régnait dans les rues où j'ai été livré à moi-même. Quoi qu'il leur soit arrivé, il n'est pas nécessaire d'être un génie pour comprendre que je ne possède aucune des qualités qui pourraient faire de moi un bon père.

— Si nous sommes condamnés à suivre les traces de nos parents, je crains que nous ne soyons tous voués à l'échec.

Amalia se cramponnait au tronc du palmier derrière elle, comme si sa vie en dépendait. Pourquoi cette image lui serrait-elle le cœur ? Joaquin préféra chasser cette question de son esprit.

— Je ne veux pas de tes confidences, répliqua-t-il d'un ton aussi dur que possible. Je n'ai pas besoin que tu m'expliques ce que c'est d'être *vivant*. Je croyais avoir été clair, Amalia.

Il fallait la heurter, la blesser, la pousser à le quitter. Il fallait à tout prix trouver un moyen de mettre fin à cette addiction infernale. Parce qu'il semblait incapable de s'en libérer lui-même. Nul doute que s'il la piétinait elle partirait. Alors il pourrait reprendre la vie qu'il s'était choisie, une vie dans laquelle rien ne l'obligeait à éprouver le moindre sentiment.

Il semblait sur la bonne voie, parce que Amalia tremblait de tout son corps et que la petite veine à la base de son cou battait frénétiquement. Mais contre toute attente, Amalia ne s'effondra pas. Croisant les bras, elle l'étudia longuement.

— Je sais que tu es toujours furieux à cause de la façon dont ça s'est terminé entre nous la dernière fois…

— J'étais furieux il y a cinq ans, oui, coupa-t-il en laissant échapper un petit rire dédaigneux. Mais aujourd'hui je n'ai plus de colère. Il s'agit juste de vengeance.

Elle écarquilla les yeux.

— Tu… te venges de moi ? Et ma punition, c'est… du sexe à volonté ? Des orgasmes à répétition ? C'est comme ça que tu te venges de tous tes ennemis ?

Il serra les dents. Cette façon de présenter les choses était très déplaisante… Il fit un pas vers elle, lui prit le menton et rapprocha son visage du sien. Tout près. Comme pour un baiser mais sans l'embrasser.

— Je *t'aimais*, dit-il avec hargne.

À sa grande satisfaction, elle tressaillit.

— J'étais prêt à tout pour toi. Je t'aurais tout donné. Mais toi, tu voulais juste me piétiner.

Elle le regarda un long moment en silence avant de répliquer.

— Tu parles comme si j'avais eu l'intention depuis le début de te faire souffrir. Ce n'est pas vrai et je pense que tu le sais.

— Qu'est-ce que ça change ?

— J'avais les mains liées, Joaquin.

Il secoua la tête mais elle soutint son regard sans ciller.

— Contrairement à toi, je n'étais pas libre de faire ce que je voulais de ma vie, poursuivit-elle d'un ton posé. J'avais des devoirs envers ma reine. Or à l'époque je croyais que ma reine était également ma mère.

Elle écarta sa main de son menton, mais la garda dans la sienne. Il ne tenta pas de la libérer. Et il préféra éviter de se demander pourquoi.

— Je pense qu'il aurait été plus facile de défier un gouvernement, reprit-elle, toujours très calme. Un conseil impersonnel, sans visage. Mais il s'agissait de ma mère. Le seul parent qui me restait. Je ne voulais pas la décevoir.

Il dégagea enfin sa main et s'écarta d'elle. Avoir une mère, ou tout autre parent, pour qui on comptait et qu'on ne voulait pas décevoir… Quel effet cela faisait-il ? Il n'en avait aucune idée et il était incapable de l'imaginer. Cette constatation accrut la rancune de Joaquin.

— Tu peux te chercher toutes les excuses que tu veux. Je t'aimais et tu m'as quitté. De manière cruelle. Tu peux difficilement être surprise que je t'en veuille.

— Je ne suis pas surprise que tu m'en veuilles.

Les épaules d'Amalia se redressèrent. Visiblement, elle se glissait de nouveau dans son personnage de princesse héritière. Pourquoi n'en était-il pas hérissé ? Joaquin se surprit au contraire à éprouver une certaine admiration. Tant de magnats de l'industrie tremblaient devant lui… C'était toujours étonnant de constater qu'une minuscule ex-princesse ne se laissait pas impressionner. Enfin, presque pas… Il suffisait d'observer attentivement ses bras pour constater qu'elle avait quand même la chair de poule.

— Ce qui me surprend, c'est que tu aies choisi non seulement de m'accueillir à mon arrivée ici, mais aussi de m'inviter à rester sur l'île. Après l'avoir vidée de ses occupants afin que nous puissions revivre les meilleurs moments de notre premier été. Si c'est ta vengeance, Joaquin, elle me paraît très douce.

Il resta un long moment silencieux. Comment s'était-il mis dans cette situation ? Comment cette femme parvenait-elle à le déstabiliser aussi souvent et sans effort apparent ? Lui qui avait l'habitude d'en imposer à tout le monde, y compris aux plus puissants ? Ce n'était pas la première fois qu'il se posait la question…

La réponse s'imposa soudain à Joaquin. Il n'avait pas mis suffisamment les choses au clair. Les circonstances pouvaient donner à Amalia l'impression qu'il tenait à elle. C'était ainsi qu'elle interprétait leur entente sexuelle. Il aurait pu le prévoir…

— Combien d'amants as-tu pris depuis cinq ans ? demanda-t-il d'un ton presque désinvolte.

Presque. Parce qu'il n'avait aucune envie de connaître la réponse à cette question. Aucune.

Elle laissa échapper un petit rire.

— Me révéleras-tu le nombre de tes maîtresses en échange ?

— Il est impossible d'en tenir le compte.

Elle ne cilla pas. Cependant ses traits s'altérèrent imperceptiblement.

— Je le sais, bien sûr. C'est curieux, cet amour que tu prétends avoir éprouvé pour moi, Joaquin. Parce que tu sembles l'avoir exprimé en couchant avec toutes les femmes qui ont croisé ton chemin.

*Bats moins vite, mon cœur.*

— Tu n'as jamais dit que tu m'aimais, rappela-t-il.

Joaquin dut faire appel à toute sa volonté pour retenir la colère qui l'assaillait. Elle ne lui avait jamais dit qu'elle l'aimait. Personne ne le lui avait déjà dit. Il était le seul à avoir prononcé ces mots. Quel idiot !

— Par conséquent, je suppose que tu as eu deux fois plus d'amants que je n'ai eu de maîtresses.

— Mon seul amant a été mon devoir envers la couronne et mon pays, répliqua-t-elle, les yeux étincelants. Ce qui s'est passé ici cet été-là ne me ressemblait pas du tout. C'était une exception dans ma vie.

— Et pourtant tu es de retour. Alors que tu aurais certainement pu aller dans ton véritable pays natal. Des champs de maïs à perte de vue si j'ai bien compris.

L'éclat des yeux bleus fixés sur lui s'accrut encore.

— Tout ce que je sais au sujet du Kansas, c'est qu'il y a là-bas des tornades, des sorcières et des souliers de rubis magiques. Mais je n'ai jamais très bien compris à quoi servait toute cette magie.

— Peu importent ces élucubrations hollywoodiennes. Il est clair que tu as toujours le point de vue d'une vierge sur le sexe. Tu lui accordes plus d'importance qu'il n'en a réellement.

Il avait eu l'intention d'insulter Amalia et, à en juger par sa pâleur soudaine, il avait atteint son objectif. Pourquoi n'en éprouvait-il aucune satisfaction ?

— Avec le temps ça passera, poursuivit-il en se détestant pour ce qu'il disait. Plus tu auras d'amants, plus tu prendras conscience que le sexe n'est rien de plus que la satisfaction d'un désir physique.

Elle déglutit péniblement. Sans l'avoir décidé il s'approcha encore d'elle et la prit par les épaules. Il s'agissait de se venger, se rappela-t-il. Uniquement de se venger.

— Je suis prêt à tout pour assouvir ce désir et m'en libérer. Je veux en finir. Nous resterons ici, toi et moi, jusqu'à ce que tu n'en puisses plus et que tu t'en ailles.

Ou jusqu'à ce que le fait de te toucher me fasse le même effet qu'une simple poignée de main.

Elle éclata de rire.

— Tu espères vraiment que ça arrivera un jour ?

— Ce désir entre nous ne durera pas. Et même s'il dure encore un moment, c'est sans importance. Parce qu'il n'aura pas de conséquences. Je ne retomberai pas amoureux de toi. Et il n'y aura pas de grossesse accidentelle qui me lierait à toi pour toujours. Je commets rarement des erreurs, et quand ça m'arrive je ne les répète pas.

— Joaquin…

Il l'attira contre lui et approcha son visage tout près du sien.

— Je ne prétendrai pas que je n'apprécie pas nos ébats. Mais ils sont purement sexuels. Une seule chose m'intéresse chez toi, Amalia. Ton corps. Tu comprends ?

— Parfaitement.

Ils restèrent un moment l'un contre l'autre, les yeux dans les yeux, la respiration haletante. Il finit par retirer les mains de ses épaules et par s'écarter d'elle. Pourquoi était-il aussi difficile de la lâcher ? Tourner les talons et s'éloigner l'était encore plus. Ça demandait un effort surhumain.

Il dévala le chemin qui conduisait à son petit cachot. Jamais avant ce soir celui-ci ne lui avait donné à ce point l'impression d'être resté une prison. Dans la chambre il se déshabilla, gagna la grande cabine de douche et s'adossa à la paroi sous le jet d'eau chaude. Tout ce qu'il avait dit à Amalia, il le pensait. Tout. Il fallait espérer qu'elle l'avait compris et qu'elle allait quitter l'île. Il eut beau se le répéter inlassablement pour tenter de se convaincre, son cœur fit un bond suspect dans sa poitrine lorsque la porte de la cabine s'ouvrit quelques instants plus tard.

Amalia était nue. Ses cheveux mouillés flottaient autour d'elle, effleurant ses petits seins parfaits. Combien de fois l'avait-il fait hurler de plaisir sous la douche en dégustant son sexe comme un dessert ? La faire jouir lui procurait un plaisir immense. Pourtant, il se surprenait parfois à apprécier encore plus le moment d'après, quand elle enfouissait son visage dans son cou et qu'ils restaient enlacés sans rien dire pendant une éternité.

Il aimait la porter ensuite hors de la cabine, l'asseoir sur le comptoir de marbre et prendre tout son temps pour l'essuyer avant d'enduire chaque parcelle de son corps de crème hydratante.

Mais tout cela était purement sexuel. Comme il le lui avait dit.

Elle ferma la porte de la cabine derrière elle et leva ses grands yeux bleus vers lui.

— Je fais tout pour te pousser à partir, mais ça ne marche jamais, gronda-t-il d'un ton délibérément exaspéré.

Il le regretta aussitôt mais elle le prit à la légère.

— Pourquoi serais-tu le seul à utiliser notre entente sexuelle à des fins personnelles ? demanda-t-elle en riant.

Mais était-elle vraiment aussi désinvolte qu'elle le paraissait ? Le bleu de ses yeux semblait beaucoup plus sombre qu'à l'ordinaire…

— Peut-être que moi aussi je veux juste t'utiliser pour mon plaisir personnel, Joaquin. Ou bien est-ce interdit ?

— C'est vivement encouragé.

Elle le rejoignit et il la souleva de terre. Tout en

nouant les jambes autour de sa taille, elle lui tendit le petit étui caché au creux de sa main.

— Pour qu'il n'y ait pas d'ambiguïté, murmura-t-elle.

Il le déchira d'un coup de dent, enfila le préservatif et entra en elle. Comment pourrait-il s'en lasser ? Bientôt, la tête renversée en arrière et les yeux clos, Amalia scandait son nom. Il devrait être satisfait, songea-t-il un long moment plus tard alors qu'ils étaient dans son lit et qu'il se perdait de nouveau en elle. Il devrait être ravi qu'ils soient sur la même longueur d'onde…

Plus tard encore quand elle dormait blottie contre lui, il resta éveillé, le regard fixé sur les vagues qui se fracassaient contre la baie vitrée. Oui, il devrait se réjouir qu'Amalia et lui soient à l'unisson. Pas de sentiments. Pas d'avenir. Juste cette folle passion qui les dévorait, jusqu'au jour où elle finirait par s'estomper. Ce qui ne devrait plus tarder à arriver.

Sauf qu'il ne parvenait pas à croire qu'elle était sincère. Et la voir endormie, lovée contre lui, faisait battre son cœur. Peut-être était-il plus sentimental qu'il ne voulait l'admettre. Peut-être était-il tombé un peu trop amoureux de cette jeune fille spontanée qu'il avait connue ce premier été.

Tout au fond de lui il n'avait jamais vraiment cru à la princesse dédaigneuse qu'elle était devenue à la fin.

Et il avait une certitude. Son estivante enthousiaste n'aurait jamais accepté un arrangement de ce genre. Elle aurait pleuré toutes les larmes de son corps, le cœur brisé. Elle ne lui avait peut-être pas encore dit qu'elle l'aimait, mais c'était superflu. Il l'avait compris. Chaque jour pendant cet été enchanté il l'avait vu dans chacun de ses regards, chacun de ses sourires, chacun de ses gestes.

Aujourd'hui il voulait à tout prix éviter de retomber amoureux d'elle. Mais à l'idée qu'elle ne l'aimait pas non plus, il ressentait comme un grand vide.

Et c'était extrêmement déplaisant.

# 7.

Quelques jours plus tard en fin d'après-midi, lorsqu'elle rentra de promenade, l'une des quelques employés présents sur l'île attendait Amalia en haut du chemin privé conduisant à la villa cachot.

— Si vous souhaitez vous changer pour le dîner, sachez que Señor Vargas vous attend sur la terrasse du bas, déclara la jeune femme d'un ton déférent.

— Vous êtes sûre ? demanda Amalia, surprise.

Puis elle s'empourpra devant le regard interloqué de la jeune femme. Elle était pourtant bien placée pour savoir qu'il fallait éviter d'être familier avec les gens qui ne pouvaient pas se permettre d'avoir la même attitude en retour. La reine Esme le lui avait répété des milliers de fois…

— Je veux dire, bien sûr. Merci. Je le rejoins dès que je serai prête.

Elle descendit le chemin en toute hâte et ouvrit la porte de la villa en s'attendant à trouver Joaquin derrière. Ravi de lui avoir joué ce mauvais tour et scrutant son visage pour y lire ce qu'elle ressentait.

Mais la villa était vide. Elle se précipita dans la salle de bains. Quand avait-elle pris sa douche seule ? se demanda-t-elle en se savonnant et en se rinçant en un temps record. C'était un des nombreux endroits dans lesquels Joaquin et elle se livraient avec ardeur à leurs ébats « purement sexuels ».

Lorsqu'il l'avait laissée seule sous la pluie après lui avoir expliqué comment il voyait leur relation, elle s'était recroquevillée sur elle-même au pied du palmier et elle avait pleuré. Toutes les larmes de son corps. Cinq ans plus tôt elle était tombée éperdument amoureuse de lui au premier regard et elle s'était donnée corps et âme à cette passion. Si elle avait trouvé la force de trancher dans le vif à la fin de l'été, c'était justement parce qu'elle était folle de lui et qu'elle avait voulu lui épargner une humiliation plus grande encore.

Certes, elle avait rompu brutalement, mais elle était restée beaucoup moins cruelle que ne l'aurait été Esme si elle avait dû intervenir. Cependant, Joaquin l'ignorait. Alors comment pourrait-elle lui en vouloir de refuser de s'engager avec elle aujourd'hui après la façon dont elle l'avait traité autrefois ? Peut-être devait-elle admettre que si elle était revenue à Cap Morat ce n'était pas pour trouver la liberté mais le pardon. Et que la seule voie menant au pardon n'était pas celle qu'elle aurait souhaitée.

Si Joaquin et elle donnaient libre cours à cette passion, elle finirait peut-être par s'éteindre et laisser place à l'indifférence. C'était sans doute la meilleure version du pardon qu'elle pouvait obtenir.

Voilà pourquoi ce jour-là elle avait rejoint Joaquin sous la douche. Voilà pourquoi elle avait simplement accepté tout ce qu'il lui avait dit.

Et depuis ce jour-là elle n'avait plus tenté de le provoquer. Ni de lui faire reconnaître que l'intensité de leur passion signifiait quelque chose. Parce que même si c'était vrai, il ne voulait pas en entendre parler.

Après la façon dont elle l'avait traité, sans doute le méritait-elle.

Une fois sortie de la douche, elle prit tout son temps pour choisir sa tenue. Il y avait longtemps qu'elle n'avait pas eu l'occasion de s'habiller et cela lui avait manqué. Elle commença par relever ses cheveux en un chignon très lâche, puis elle enfila une robe fourreau qu'elle avait achetée sur un coup de tête mais n'avait jamais pu porter en tant que princesse parce qu'elle était fendue beaucoup trop haut sur la cuisse et très décolletée dans le dos. La reine Esme n'aurait pas approuvé. Après avoir mis du rouge à lèvres et appliqué du mascara sur ses cils, Amalia s'étudia longuement dans le miroir. Satisfaite de son reflet, elle remonta le chemin de pierre, entra dans l'hôtel, traversa le grand hall et prit un autre chemin, qui conduisait à la terrasse perchée en haut d'une falaise à l'extrémité de l'île, qui offrait une vue panoramique sur la mer.

On disait qu'il était possible d'apercevoir Barcelone par temps clair mais cela ne lui était jamais arrivé. Peut-être n'avait-elle jamais regardé. Elle avait toujours été plus attentive à ce qui se passait sur l'île. Elle passa devant la terrasse où elle avait rencontré Joaquin pour la première fois, cinq ans plus tôt. Un sourire étira ses lèvres à ce souvenir, tandis qu'elle poursuivait sa descente dans la douceur de l'air du soir. Le chemin était bordé de petites lanternes qui diffusaient une lumière très douce ajoutant au charme du paysage.

Joaquin l'attendait sur la deuxième terrasse.

Adossé à la balustrade, il s'était habillé lui aussi pour le dîner et il la regardait comme s'il savait qu'elle arriverait à ce moment précis. D'un air qui aurait pu être considéré comme éperdu si leur relation n'était pas basée sur des ébats « purement sexuels. » Comme si elle avait besoin de ça pour être rongée de regrets…

— Je suis surprise que tu souhaites dîner avec moi, déclara-t-elle lorsqu'il lui prit la main.

Il porta celle-ci à ses lèvres et elle sentit son cœur s'affoler. S'efforçant de l'ignorer, elle ajouta :

— Je n'imaginais pas que notre… accord autorisait ce genre d'invitation.

— Tu es sûr l'île, non ? Autant que je profite de ta compagnie.

Le ton de Joaquin était bourru et ses yeux émeraude un peu trop brillants. Elle sentit son cœur s'accélérer encore. Si elle ne se trompait pas, il venait à sa manière de lui présenter des excuses.

Les seules qu'elle recevrait sans doute de la part de cet homme si fier.

Mais mieux valait rester prudente dans l'interprétation de son attitude, se dit-elle tandis qu'il l'entraînait vers une table décorée avec un raffinement extrême et surmontée d'un dais qui la protégeait de la brise ainsi que d'éventuels regards curieux depuis la forteresse. Il lui avança sa chaise puis s'installa en face d'elle. Deux employés apparurent comme par magie pour leur servir du vin et l'entrée, une fantaisie créée par le chef. Puis ils s'esquivèrent discrètement, les laissant en tête à tête. Comme lors des soirées qu'ils passaient ensemble cinq ans plus tôt, quand leur relation ne se limitait pas au sexe.

Malgré tous ses efforts, Amalia ne parvenait pas à maîtriser les battements de son cœur. C'était la première fois depuis son arrivée qu'ils étaient assis à une table comme des adultes civilisés. Pourquoi Joaquin avait-il décidé de l'inviter à dîner ce soir ? Et puisqu'il l'avait invitée, pourquoi se contentait-il de la regarder d'un air sombre sans rien dire ?

— Ces jours-ci, je pense souvent à toutes les choses qui me sont familières et que je n'aurais jamais connues sans cet échange de bébés à l'hôpital, dit-elle pour rompre le silence.

Elle indiqua d'un geste le luxueux service de table.

— Par exemple, je doute que ce genre de vaisselle soit courant dans les fermes du Kansas. Mais en réalité, je n'en ai aucune idée, reconnut-elle en souriant. Peut-être que la femme qui m'a mise au monde est très à cheval sur la façon de se tenir à table et les différents couverts à utiliser.

— Les règles du savoir-vivre font partie des barrières érigées par la haute société pour maintenir le commun des mortels à un rang inférieur.

— J'ai essayé d'utiliser un argument du même genre avec une de mes gouvernantes quand j'étais petite.

Elle but une gorgée de vin. Sans surprise il était exceptionnel.

— Ça n'a eu aucun effet. Elle m'a fait rester assise avec un livre très lourd sur la tête pour améliorer ma position.

— J'ai pris une maîtresse qui appartenait à la haute société après avoir conclu ma première grosse affaire, déclara Joaquin d'un ton désinvolte.

Comme s'il leur arrivait régulièrement de discuter de ses maîtresses… Amalia but une longue gorgée de vin.

— C'était une erreur, pour des tas de raisons.

— Oh ! raconte-moi ça, répliqua-t-elle, aussi légère que possible.

Le regard émeraude était plus scrutateur que jamais. De toute évidence, Joaquin la soumettait à un test. Alors pas question de paraître affectée à l'idée de connaître les détails d'une de ses multiples liaisons. Même si elle devait faire un effort surhumain pour garder le sourire…

— Elle était comme la plupart de ces filles de la haute société. Tu sais comment elles sont. Inconsciente de leur chance. Toujours blasées, tandis que le monde entier est à leur disposition. Et bien sûr, très égoïstes au lit.

Elle plissa le front.

— Je ne suis pas sûre de comprendre.

— Vraiment ?

— Comme tu l'as rappelé toi-même, tu es le seul amant que je n'aie jamais eu. Suis-je égoïste ? Et toi, l'es-tu ? Comment pourrais-je le savoir ?

Les yeux étincelants, Joaquin se pencha en avant et lui prit la main. Aussitôt, elle fut assaillie par une bouffée de désir.

— C'est justement une des choses qui me surprennent chez toi, princesse. Tu es capable de cruauté mais tu es totalement dépourvue d'égoïsme. En particulier au lit. C'est une chose que beaucoup de gens ne comprennent pas. L'épanouissement sexuel n'a rien à voir avec une quelconque habileté ou le choix de certaines positions. Il implique avant tout une certaine générosité.

Amalia sentit une chaleur délicieuse l'envahir.

— J'ignorais que tu étais aussi… expert en la matière.

Il eut un sourire furtif qui décupla son trouble.

— Je suis sûr que tu le sais parfaitement.

Il lui lâcha la main et se redressa sur son siège avec un nouveau sourire, tandis qu'elle sentait ses joues s'enflammer.

— Elle était très ennuyeuse, bien sûr, cette héritière. Mais utile. Comme beaucoup de femmes de son espèce, son principal objectif dans la vie était d'irriter son père.

Et comme la plupart d'entre elles, elle est aujourd'hui mariée à l'homme assommant que son père lui a imposé. Mais auparavant elle a tourmenté toute sa famille avec ses choix terribles. Comme moi.

— Elle s'est servie de moi pour provoquer sa famille. Je me suis servi d'elle pour avoir accès aux cercles de la haute société et en acquérir les codes.

— Tu es très… cynique. J'avais l'impression que la plupart des gens intéressés faisaient au moins semblant de ne pas l'être.

Il haussa les épaules.

— J'ai juste choisi judicieusement mes maîtresses.

— C'est ce que j'appelle une attitude cynique.

— La reine Esme n'a pas constitué la liste de tes maris potentiels en sélectionnant des hommes qu'elle appréciait. Ou que tu serais susceptible d'apprécier. Elle ne faisait que des choix stratégiques. Dans l'intérêt d'Île d'Montagne, pas du tien.

— Oui, mais j'étais…

— L'héritière de la couronne. Je sais. Moi, je n'ai pas eu la chance d'être bien né.

Pour une fois il n'y avait aucune note de ressentiment dans la voix de Joaquin, constata-t-elle. C'était peut-être un progrès.

— Mais j'ai toujours fait le nécessaire pour que les portes s'ouvrent devant moi. Si j'ai une arme secrète, comme le pensent mes ennemis, c'est celle-ci. Dès qu'il est nécessaire d'apprendre quelque chose, je l'apprends. Mes adversaires penseront toujours avoir l'avantage sur moi avec leurs écoles privées, leurs pedigrees, et leurs relations remontant au berceau.

Il haussa de nouveau les épaules.

— Il n’est pas question que je leur donne des armes parce que je ne sais pas quelle fourchette utiliser.

Elle médita cette déclaration alors que les employés de retour remplaçaient l’assiette qu’elle n’avait pas touchée par une autre, contenant une autre démonstration de la virtuosité du chef. Mais elle n’avait toujours pas faim. Contrairement à Joaquin, qui commençait à manger avec la fourchette appropriée… Elle ferait bien d’en faire autant.

— Que se passera-t-il quand tu te seras emparé de tout ce qui te reste à conquérir ? As-tu un plan ? Ou bien comptes-tu simplement amasser autant de biens que possible avant de mourir ?

— Seuls les gens qui n’ont jamais eu de problèmes d’argent estiment qu’amasser n’est pas une fin en soi, répliqua-t-il calmement.

— Je suppose que le moment est venu pour moi, sans doute comme pour toutes tes autres maîtresses que tu méprises, de te présenter des excuses pour être née privilégiée. Ou plutôt pour avoir été échangée par accident avec la véritable héritière du trône d’Île d’Montagne.

Les yeux émeraude étincelèrent.

— Il y a un problème avec les excuses, Amalia. À qui sont-elles réellement utiles ?

Joaquin poursuivit son repas comme si de rien n’était. Comme s’il venait d’émettre une remarque anodine sur la douceur de l’air… Amalia se décida à manger, mais sans prêter la moindre attention à ce qu’elle avalait. Il fallait se rendre à l’évidence une fois pour toutes. Joaquin ne lui accorderait jamais son pardon. C’était un homme qui avait pris pour maîtresses des femmes qu'il méprisait, uniquement pour apprendre les codes de la haute société.

Comment avait-elle pu se bercer d'illusions ?

Elle se sentit soudain très vieille. Épuisée, peut-être. Parce qu'elle l'avait aimé puis perdu, et que sa vie en avait été bouleversée. Certes, elle avait repris ses occupations habituelles parce que c'était ce qu'on attendait d'elle. Mais elle n'avait plus jamais été la même.

Ayant perdu l'essentiel en quittant Joaquin, elle s'était donnée corps et âme à ses responsabilités de princesse héritière. Comment aurait-il pu en être autrement ? Après tout, c'était elle qui avait choisi de sacrifier son bonheur à son devoir. Et de toute façon, c'était tout ce qui lui restait.

Aujourd'hui, elle avait perdu cette vie au service de la couronne, mais aussi tout espoir de retrouver le bonheur auprès de Joaquin. Il ne lui pardonnerait jamais. Jamais.

— Cette invitation à dîner n'était pas une de mes meilleures idées, déclara-t-il alors qu'ils prenaient le café. J'ai trop l'habitude de t'avoir nue dans mes bras. Passer tout un repas à te regarder en face de moi est une véritable torture.

Bien sûr… Pour lui, seul le sexe comptait avec elle. Pourquoi avait-elle autant de mal à l'accepter ? Pourquoi continuait-elle à imaginer envers et contre tout que cela pourrait être différent ? Le problème, ce n'était pas Joaquin. Il avait été parfaitement clair.

Le problème, c'était elle.

Mais elle avait beau en être consciente, elle ne parvenait pas à se détacher de lui.

— Il y a de nombreux genres de torture, déclara-t-elle.

Lorsqu'il arqua les sourcils, elle se força à sourire.

— Regarde où nous dormons chaque nuit. C'est un miracle que nous parvenions à nous reposer avec tout ce qui a dû se passer dans ces murs. Tu connais la réputation de l'inquisition espagnole, je suppose ?

Il laissa échapper un petit rire.

— Et moi qui pensais que tu dormais d'un sommeil paisible ! Je m'en veux. Je ne t'épuise pas assez. Il va falloir y remédier.

Le sexe. Toujours le sexe.

Dire qu'elle avait passé toutes ces années à rêver de nuits torrides avec lui… À présent que ses rêves étaient devenus réalité et que les journées étaient aussi torrides que les nuits, elle voulait… autre chose. Quelque chose en plus.

Comme autrefois, quand elle était follement amoureuse de lui et qu'il ne cachait pas son adoration pour elle.

Après avoir découvert qu'elle ne représentait rien dans son pays, après avoir été traitée comme si elle n'était rien pour le monde entier, elle avait envie de devenir quelqu'un. Peu importait qui. Elle voulait juste devenir quelqu'un. Enfin. Quelqu'un qui compte au moins un peu pour quelqu'un d'autre. C'était peut-être même la seule chose qu'elle désirait encore plus qu'elle ne désirait Joaquin.

— Tu me regardes bizarrement.

La voix de Joaquin arracha Amalia à ses pensées. Depuis combien de temps le regardait-elle sans en avoir conscience, en souhaitant que les choses soient différentes entre eux ?

— C'est bien ce que je pensais, poursuivit-il. Nous ne sommes pas censés rester assis à discuter, toi et moi. Nous avons mieux à faire.

— Et si je te lançais un défi ?

Elle posa sa tasse.

— Juste un petit défi.

Elle fit une pause. Elle avait l'impression d'être en équilibre précaire au bord d'un précipice. Et ça n'avait rien à voir avec la situation de cette terrasse, perchée en haut d'une falaise… Il pensait peut-être que pendant toutes ces semaines qui venaient de s'écouler il n'y avait rien eu d'autre entre eux que du désir. Mais elle le connaissait. Comme elle n'avait jamais connu personne d'autre avant lui.

Et elle comprenait mieux le monde que cinq ans plus tôt. Elle avait beaucoup lu, beaucoup écouté, beaucoup observé les gens autour d'elle. Le sexe était l'axe de rotation du monde et il affectait profondément toutes les parties prenantes. Et pourtant, les hommes comme Joaquin préféraient le considérer comme anodin. Qu'il n'avait pas plus de signification qu'une séance de sport.

C'était une façon de se protéger, bien sûr. Elle l'avait blessé autrefois. Il voulait la blesser à son tour, et surtout éviter d'éprouver de nouveau des sentiments pour elle. Mais qu'il le veuille ou non, des relations physiques aussi étroites et aussi prolongées favorisaient la naissance de sentiments.

— Si nous nous passions de sexe ? proposa-t-elle avec une assurance qu'elle était loin de ressentir. Pendant une semaine. Ou une journée. Juste pour voir ce qui se passe.

Il la regarda sans rien dire pendant un long moment. Trop long. Dans son regard émeraude, une lueur suggérait qu'il avait compris la raison de cette proposition.

— Pourquoi ferions-nous ça ? Le sexe est la seule raison de notre présence ici tous les deux, Amalia. Comme tu le sais.

Le faible espoir qu'elle nourrissait encore s'évanouit. C'était irrévocable. Il ne lui pardonnerait jamais. Et il ne laisserait aucune place aux sentiments dans leur relation.

De son côté, pourquoi accepterait-elle de vivre sans amour à présent qu'elle était libre de choisir sa vie ? Pourquoi resterait-elle avec un homme qui depuis son arrivée s'acharnait à lui prouver qu'elle n'avait rien à attendre de lui ? Après tout ce qu'elle avait enduré, pourquoi s'obstinait-elle à livrer une bataille perdue depuis longtemps ?

« Je voulais que vous sachiez que je vous aime aussi. Et que vous m'avez manqué. » Le message de Catherine Clark résonna dans l'esprit d'Amalia. Il était peut-être temps d'aller chercher l'amour là où il se trouvait.

Ça paraissait si simple, tout à coup. Comme si ces histoires de princesse et de milliardaire avaient semé la confusion. Le moment était venu d'aller voir les champs de maïs et la seule personne au monde qui ne semblait pas éprouver la moindre difficulté à lui dire qu'elle l'aimait. Pourquoi avait-elle attendu aussi longtemps ?

— Tu n'es pas obligé d'accepter, bien sûr, déclara-t-elle en soutenant le regard de Joaquin. Mais j'en ai assez du sexe. J'en ai assez des ébats purement sexuels.

*Et de toi.* Comme elle aimerait pouvoir dire ça ! Mais ce n'était pas tout à fait exact. Comme tout ce qui concernait Joaquin, c'était un peu plus compliqué que ça.

— Je pars au Kansas.

# 8.

Amalia quitta la route pour prendre un chemin de terre. Avec un peu de chance, c'était bien celui qui conduisait à la ferme des Clark.

Comme elle aimerait pouvoir s'exclamer : « On n'est vraiment bien que chez soi ! » Elle était au Kansas. Et elle avait aimé *Le Magicien d'Oz*. Ce serait bien de pouvoir s'imaginer qu'elle était une sorte de Dorothy se réveillant chez elle après un voyage fantastique.

Malheureusement, elle ne se sentait pas du tout chez elle. Cet endroit lui paraissait à la fois étranger et hostile. Mais peut-être était-ce le contrecoup de son départ de Cap Morat. Dire qu'elle avait quitté Joaquin pour la deuxième fois…

Il ne lui avait pas facilité les choses. Sa première réaction avait été de s'esclaffer.

— Tu en as assez du sexe ? Si on vérifiait cette théorie ?

Elle aimerait beaucoup pouvoir se dire qu'elle avait tenu bon. Qu'elle avait fermement refusé de succomber une fois de plus au désir brûlant qui les consumait l'un et l'autre en permanence.

Mais elle n'en avait pas eu la force.

Il avait balayé d'un geste les tasses à café et il l'avait renversée sur la table du dîner auquel elle avait à peine touché. Joaquin, en revanche, elle l'avait touché, embrassé, dévoré. Aussi vorace qu'elle, il l'avait fait hurler de plaisir dans la nuit étoilée au bord de la falaise.

Encore et encore.

— Je t'ai dit que tu pouvais partir quand tu voulais, avait-il murmuré ensuite contre son cou. J'étais sérieux. Tu es libre de quitter cette île à la première heure demain matin. J'appellerai un bateau moi-même.

Toujours allongée sur la table elle avait attendu la suite, clouée sur place par l'éclat presque insoutenable des yeux émeraude.

— Mais si tu pars maintenant tu ne pourras jamais revenir, Amalia. Ce n'est pas un endroit sûr pour toi.

Elle s'était redressée lentement.

— Merci, avait-elle répliqué.

Encore étourdie de plaisir et déjà vibrante d'un désir toujours renouvelé.

— C'est très clair depuis déjà un moment.

Elle s'attendait à ce qu'il utilise la même arme le lendemain, uniquement pour lui rappeler le pouvoir qu'il avait sur elle, mais elle se trompait. Elle s'était réveillée seule dans le lit et avait trouvé ses valises prêtes.

Il avait vraiment appelé un bateau. Malgré la poigne de fer qui lui broyait le cœur, elle avait embarqué pour Barcelone.

Comme la première fois, elle avait quitté Cap Morat sans un regard en arrière. De toute façon, toutes les images gravées dans sa mémoire ne s'effaceraient sans doute jamais. Et elle savait que le fantôme de Joaquin l'accompagnerait partout où elle irait.

Alors à quoi bon regarder en arrière ?

À Barcelone, il avait été relativement simple de prendre l'avion pour le Kansas. Simple, mais pas facile. Elle avait passé trop de temps dans les bras de Joaquin. Le manque était encore plus douloureux que la première fois. Et pourtant, cinq ans plus tôt elle avait déjà terriblement souffert. Mais au moins, elle avait un but dans la vie. Jouer le rôle qui était le sien dans le royaume et assumer sa place dans l'histoire. Elle avait un avenir à préparer, même si ce n'était pas celui qu'elle aurait choisi si elle avait été libre.

Aujourd'hui, elle avait juste l'espoir ténu de trouver de l'amour auprès d'une femme qu'elle n'avait jamais rencontrée – sauf si on prenait en compte les premiers instants de sa vie –, dans un endroit où elle n'aurait pas eu l'idée de mettre les pieds. Pour l'instant, l'avenir restait très flou.

Elle aimerait beaucoup avoir un sentiment d'appartenance, même très vague, sur cette terre où elle avait vu le jour. Mais ce n'était pas du tout le cas. Heureusement que la reine Esme considérait la conduite comme un savoir essentiel. Aurait-elle réussi à trouver une voiture avec chauffeur dans cet endroit perdu au milieu de nulle part ? Rien n'était moins sûr.

Amalia grimaçait à chaque cahot. Le décor avait beau lui paraître étranger, il ne lui était pas tout à fait inconnu. Elle avait souvent vu des images des États-Unis, dont les Grandes Plaines. Champs de maïs et de blé. Vert et or à perte de vue. Mais entre voir un paysage à la télévision et l'avoir sous les yeux dans la réalité, il y avait une grosse différence.

Au bout du chemin, elle trouva une ferme et une grange modestes. Et tout autour, encore des champs de maïs. Un peu oppressants, à vrai dire. Elle ne s'attendait pas à ce qu'ils lui donnent l'impression d'être des murs vivants… Mais bon, elle n'était pas lâche.

Même si elle n'avait qu'une envie : faire demi-tour et s'en aller. Aussi vite que le permettait le chemin cahoteux.

Elle ouvrit la portière et descendit de voiture. Aurait-elle une révélation ? Devant la maison dans laquelle elle aurait dû passer son enfance, elle allait peut-être avoir soudain la certitude qu'elle avait fait le bon choix.

Mais non, elle ne ressentait rien d'autre qu'une profonde solitude. Joaquin lui manquait. Comment pouvait-elle être aussi faible ? Comment pouvait-elle regretter un homme qui ne voulait d'elle que pour le sexe ? À son grand dam, cette seule pensée suffit à déclencher des frissons délicieux dans tout son corps. Décidément, c'était sans espoir… Même à l'autre bout du monde, après l'avoir quitté pour la deuxième fois, elle ne parvenait pas à se détacher de lui. En ce moment même elle donnerait n'importe quoi pour être dans ses bras…

Un bruit fit tressaillir Amalia. Elle tourna la tête et vit une femme d'un certain âge sortir de la ferme, laissant la porte moustiquaire se refermer derrière elle. C'était sa mère. Elle le sut immédiatement. Bien sûr la déduction était facile, mais la certitude qui s'imposa à elle n'avait rien à voir avec la raison.

Les jambes tremblantes, Amalia fit le tour de la voiture et se dirigea vers la femme. La femme qui était sa mère. Ne sachant pas comment s'habiller pour la circonstance, elle avait opté pour un jean, un T-shirt et des baskets. Il fallait espérer qu'elle n'avait pas trop l'air d'un poisson hors de l'eau… Mais lorsqu'elle s'immobilisa devant Catherine Clark, sa *mère*, celle-ci ne sembla pas remarquer ce qu'elle portait. Elle ne regardait qu'elle.

— Te voilà, murmura sa mère. Enfin.

Elles restèrent là à se regarder pendant une éternité. Peut-être deux. Sa mère scrutait son visage, Amalia scrutait le sien, comme si chacun était une carte au trésor.

Dans n'importe quelle autre circonstance, rester aussi longtemps à fixer quelqu'un sans rien dire aurait été très embarrassant. Pas cette fois. Pas avec Catherine.

*Ma mère.* C'était si incroyable, si merveilleux…

Ce fut seulement lorsque Catherine descendit la marche du perron qu'Amalia se rendit compte que celle-ci lui avait pris la main. Depuis longtemps ? Mais quelle importance ?

Catherine l'entraîna dans le champ le plus proche. Au milieu des plants de maïs, qui devenaient tout à coup moins impressionnants. Après avoir marché un moment, elles atteignirent une petite clairière et Catherine se tourna vers Amalia en souriant.

— Quand j'étais enceinte de toi, j'avais l'habitude de venir ici. Je m'allongeais par terre, je posais les mains sur mon ventre et je te racontais comment serait ta vie. Le ciel était bleu, lumineux, et je voulais que ta vie lui ressemble. Avec d'infinies possibilités, à côté ou loin des champs de maïs.

Elle ponctua sa déclaration d'un nouveau sourire, plein de tendresse. Une tendresse qui frappa Amalia. Esme n'avait jamais eu un seul sourire de ce genre. Ce qui pouvait se comprendre. Esme n'avait pas élevé une fille dont elle espérait le bonheur. Elle avait préparé une future reine à prendre sa relève à la tête du pays auquel elle avait consacré toute sa vie.

Il fallait reconnaître que la tendresse faisait chaud au cœur. Amalia rendit son sourire à Catherine en lui pressant les deux mains.

— J'ai… j'ai eu… une bonne vie, assura-t-elle.

N'était-ce pas ce que n'importe quelle femme voudrait entendre de la bouche de l'enfant qui lui avait été involontairement enlevé ? C'était d'autant plus facile à dire que c'était vrai. Elle en était encore plus consciente depuis que cette vie n'était plus la sienne.

— Une vie très étrange, je suppose. Mais agréable. Je sais ce qu'on raconte au sujet de la reine Esme et il est vrai qu'elle peut être redoutable. Mais elle m'aime. Je pense qu'elle ne l'admettra jamais parce qu'elle ne peut pas se permettre d'admettre ce genre de choses sans paraître faible, mais elle a été peinée par ce qui s'est passé. Profondément.

Amalia pressa de nouveau les mains de Catherine.

— Je n'ai aucune raison de me plaindre. J'aimais cette vie. J'aimais mes responsabilités. J'adorais mon peuple. J'aimais la reine, ma mère. Ce n'était pas toujours une vie facile mais c'était une bonne vie. Et aujourd'hui j'ai l'occasion de faire ce que très peu de gens peuvent se permettre. Commencer une nouvelle vie.

En même temps qu'elle parlait, une évidence s'imposa à elle. De nouveau elle ne disait que la stricte vérité. Jusque-là elle avait eu tendance à se perdre dans le regret, à cause de l'existence à laquelle elle avait dû renoncer et d'un homme incapable de l'aimer. Ce qui l'avait empêchée de prendre pleinement conscience de sa chance. Aujourd'hui elle était en face de la femme qui lui avait donné le jour, et quoi qu'il arrive désormais elle choisirait elle-même ce qu'elle ferait de sa vie. Comment ne pas se réjouir d'être libre ?

— Je ne cacherai pas que je ne comprends rien aux histoires de reines et de princesses, déclara Catherine après un silence. Mais je suis très heureuse d'entendre que tu n'as pas souffert. Et que les récentes révélations ne t'ont pas anéantie.

— Au début, ça a bien failli. J'avoue que je rêvais souvent d'avoir une vie normale, mais ça ne voulait pas dire que j'en avais réellement envie.

— Je comprends, dit Catherine avec une petite grimace. Il y a peu de choses plus compliquées qu'un souhait exaucé.

— Mais nous avons toutes beaucoup de chance aujourd'hui, insista Amalia.

Il fallait y croire. Elle voulait y croire…

— Ta fille et moi nous avons deux mères chacune. De même que la reine et toi, vous avez deux filles chacune. Je suppose que ça fait de nous une famille.

— Et toi et Delaney, vous êtes un peu des sœurs, acquiesça Catherine en souriant. Parce que vous êtes les seules à pouvoir comprendre ce que chacune d'entre vous a perdu et gagné.

— Tout cela me semble très sage et très convaincant.

Amalia laissa échapper un petit rire.

— J'espère qu'un jour j'y croirai vraiment.

Le sourire de Catherine s'élargit.

— Je le pense. Et puis-je me permettre une suggestion, puisque tu commences une nouvelle vie comme je viens de le faire moi-même ?

Devant le regard perplexe d'Amalia, elle précisa :

— Quand Delaney est partie pour Île d'Montagne, j'ai quitté la ferme comme j'en avais envie depuis que son… *ton* père est mort, après ta naissance. J'envisageais de la vendre aux voisins mais, comme me l'a fait remarquer Delaney, elle t'appartient. C'est à toi de décider ce que tu veux en faire. Pour ma part, j'ai commencé une nouvelle vie en ville. Elle me plaît, même si je dois avouer que le fait de me retrouver ici aujourd'hui, entourée d'une multitude de souvenirs, me rend un peu nostalgique. Cependant, je sais que je ne reviendrai jamais m'y installer. Cette période de ma vie est révolue.

— Si tu as un conseil à me donner sur la manière de construire un pont entre deux mondes, je veux bien l'entendre, murmura Amalia.

Catherine la regarda pendant un long moment, puis elle indiqua le sol d'un signe de tête. Elle s'agenouilla avec précaution avant de s'allonger comme elle le faisait quand elle était enceinte. Puis elle attendit qu'Amalia, à qui son éducation n'avait jamais permis ce genre de comportement, en fasse autant.

C'était peut-être ridicule, mais s'étendre par terre était comme une libération, constata Amalia, une fois allongée à côté de Catherine. Il n'y avait personne ici pour commenter chacun de ses gestes. Personne pour la photographier vêtue d'un jean et d'un T-shirt pleins de poussière. Elle pouvait savourer pleinement le plaisir de contempler le ciel, entourée de plants de maïs.

— Je comprends pourquoi tu venais ici, murmura-t-elle.

Deux corbeaux passèrent au-dessus de leurs têtes en croassant comme s'ils approuvaient ses propos.

— Merci de m'avoir amenée ici avec toi.

Catherine émit un petit soupir, puis elle lui reprit la main.

— L'amour, dit-elle d'un ton grave. C'est l'amour qui compte, Amalia. Le plus souvent on nous incite à le contenir, à le cacher. Mais l'amour n'est pas fait pour être dissimulé. C'est un cadeau. J'ai perdu ton père, mais je n'ai pas cessé de l'aimer.

Elle pressa la main d'Amalia.

— Quelles que soient les circonstances, tu dois faire de ton mieux pour ne jamais laisser filer l'amour.

Amalia passa deux semaines au Kansas avec Catherine, dans la ferme. Catherine lui raconta des tas de choses. Elle lui parla de son père, son grand amour. Et aussi de sa grand-mère, lui assurant qu'elle l'aurait adorée. Amalia apprit toute l'histoire des Clark, depuis l'époque lointaine où ils avaient quitté l'Irlande pour l'Amérique. De son côté, Amalia fit beaucoup rire sa mère en lui racontant des anecdotes sur le protocole et sur les subtilités du code vestimentaire, tel qu'il était interprété par les médias, toujours à l'affût du moindre détail à commenter.

Elles bavardaient toute la soirée devant la cheminée, puis Amalia montait l'escalier étroit menant à une petite chambre nichée dans le grenier. Chaque nuit elle rêvait de la vie qu'elle aurait pu mener dans cette petite maison où la vie était simple mais rude. Catherine lui avait expliqué pourquoi elle avait décidé de s'installer en ville. Elle lui avait décrit le travail que demandaient les animaux et les plantes. Elle avait évoqué l'impression d'être enchaînée à la terre au fil des saisons, bonnes ou mauvaises selon les années.

Mais avant tout, Catherine parlait d'amour. L'amour qu'elle éprouvait pour la fille qu'elle avait élevée. L'amour qu'elle disait éprouver, ici et maintenant, pour la fille qu'elle avait mise au monde. Son amour pour sa mère. Et son amour pour son mari, trop tôt disparu et jamais oublié.

Au bout de deux semaines, quand elles décidèrent

que le moment était venu pour Catherine de retourner à sa nouvelle vie à Independence, ville au nom approprié, Amalia sut qu'elle reviendrait. Souvent.

Et pas seulement parce qu'elle avait décidé de ne pas vendre la ferme.

Elle avait passé un accord avec le plus proche voisin de Catherine, qui cultiverait les champs et garderait pour lui le produit de la terre, à l'exception d'un infime pourcentage. Elle avait également engagé un gardien pour la maison, la grange et le potager, afin que la ferme reste vivante et prête à accueillir à tout moment des visiteurs. Parce que c'était la maison de Delaney. L'endroit où Delaney et Cayetano avaient passé leur lune de miel, même si c'était difficile à croire. Imaginer le redoutable chef de guerre d'Île d'Montagne au Kansas ? Elle avait vraiment beaucoup de mal.

Ce qui ne l'empêchait pas de vouloir préserver la ferme pour les enfants que Delaney et Cayetano ne tarderaient sans doute pas à avoir. Des enfants qui seraient tous des héritiers de la couronne d'Île d'Montagne. Et mieux encore, des petits-enfants pour Catherine.

Une famille d'un genre particulier était en train de se construire et elle était heureuse de pouvoir faire sa part.

De toute façon, elle voulait avoir de nouveau l'occasion de s'allonger dans ce champ de maïs et de se perdre dans la contemplation du ciel.

Lorsqu'elle quitta le Kansas, Amalia se sentait bien plus riche qu'à son arrivée. Ce fut peut-être pour cette raison qu'elle suivit le conseil de sa mère et se rendit à Londres.

Alors qu'au Kansas le soleil brillait dans un ciel d'azur à cette époque de l'année, à Londres il faisait froid et humide. Elle s'enveloppa plus étroitement dans l'étole en cachemire sur laquelle elle s'était mise à genoux à son arrivée à Cap Morat. Le fantôme de Joaquin ne l'avait pas quittée un seul instant pendant son séjour au Kansas. C'était un endroit où il n'était jamais allé, et pourtant elle n'avait pas cessé d'entendre sa voix dans la brise. Elle dormait seule, et pourtant elle se réveillait chaque nuit avec la certitude qu'il était allongé auprès d'elle.

Un après-midi, pendant que Catherine faisait la sieste, elle était partie seule à travers champs. Dans la clairière favorite de sa mère, elle avait fermé les yeux. Les pieds dans la poussière du Kansas, le visage levé vers le ciel, elle avait espéré qu'un sentiment d'appartenance allait l'envahir.

La seule chose qu'elle avait ressentie, c'était la présence de Joaquin. Si intense, si dévorante qu'elle avait senti ses mains sur elle. Mais quand elle avait ouvert les yeux, elle était seule.

Aujourd'hui encore, dans cette voiture qui roulait au centre de Londres, elle entendait la voix de Catherine résonner dans son esprit comme ce jour-là. « L'amour. L'amour est un cadeau. Il ne faut pas le laisser filer. »

Bien sûr, elle se souvenait de tout ce qu'il lui avait dit sur l'île. Elle savait qu'il était sincère. Et elle ne pouvait s'empêcher de penser tout au fond de son cœur qu'il ne pouvait pas continuer à lui en vouloir à ce point s'il n'éprouvait pas *quelque chose…*

Mais si elle avait une certitude dans cette vie, c'était qu'une personne n'avait pas le pouvoir d'en changer une autre. D'ailleurs, elle avait passé cinq ans à tenter de se changer elle-même. De changer son propre cœur. Sans succès. Tout ce qu'elle pouvait faire, c'était accepter le cadeau qui lui avait été offert, ou pas. Ne pas le laisser filer. Ne pas y renoncer uniquement parce qu'il n'était pas conforme à ce qu'elle souhaiterait.

Aujourd'hui, elle s'était habillée comme la princesse royale qu'elle n'était plus, mais elle avait laissé ses cheveux détachés ; il les aimait comme ça. Elle se fit déposer devant l'immeuble de la City qui abritait le siège de sa société. Lorsqu'elle entra dans son bureau avec vue panoramique sur Londres, elle soutint son regard étincelant en souriant.

— Je t'avais dit ce qui arriverait si tu partais, gronda-t-il.

Au lieu d'appeler la sécurité pour la faire jeter dehors, nota-t-elle. Il n'avait pas non plus refusé de la laisser entrer. Un signe plutôt encourageant…

— Londres est une île, mais ce n'est pas *ton* île, rétorqua-t-elle. Pas encore.

— Amalia…

C'était de l'amour, se dit-elle. Pas de l'addiction. Elle avait choisi librement de venir le trouver. Oui, c'était de l'amour. Et c'était peut-être ça, la véritable liberté.

Elle desserra son étole et la laissa tomber par terre entre eux. Puis elle s'agenouilla en souriant à cet homme dont elle avait la conviction qu'il l'aimait, même s'il prétendait le contraire.

# 9.

Il avait gagné.

Les faits parlaient d'eux-mêmes. Amalia était revenue. Et elle avait agi ouvertement. Elle s'était présentée à son bureau sans chercher à cacher son identité. Oui, il avait gagné.

Mais curieusement, il ne parvenait pas à se réjouir autant qu'il l'aurait dû.

— Qu'as-tu fait aujourd'hui ? demanda-t-il un soir à Amalia.

Il était tard. Il s'était surpris à bouillir d'impatience alors qu'il était en train de conclure un contrat important. Ce qui était tout à fait inhabituel. Normalement, c'était le genre de moments qu'il savourait. Mais rien n'était normal depuis qu'Amalia vivait avec lui dans son penthouse de Southwark. Un appartement de trois étages donnant sur la Tamise, auquel il ne pensait jamais quand il voyageait et qu'à présent il avait beaucoup de mal à quitter.

Il avait trouvé Amalia dans la bibliothèque, où il s'était servi une dose généreuse d'Izarra avant de s'asseoir dans un des fauteuils modernes très inconfortables, à proximité du radiateur à gaz, conçu pour ressembler à une installation artistique plutôt qu'à un appareil de chauffage. Une des nombreuses propositions de l'architecte d'intérieur qu'il n'avait pas pris la peine de décliner, par indifférence.

La première fois qu'elle était entrée dans l'appartement, Amalia avait promené autour d'elle un regard perplexe. De toute évidence, elle avait du mal à comprendre comment un homme capable de transformer des cachots en nid douillet pouvait également vivre dans un décor aussi froid et prétentieux. Il avait ses raisons mais, s'il les lui expliquait, elle risquait d'en tirer trop de conclusions. Ce qu'il ne voulait pas. Ou du moins il ne le voulait pas au début. À présent il ne savait plus trop ce qu'il voulait.

— J'ai fait du shopping, répondit-elle. C'était une expérience incroyable. J'ai simplement… marché dans Oxford Street. Toute seule. En baskets, comme tout le monde. Personne ne me reconnaissait. Personne ne faisait attention à moi. J'aurais pu être n'importe qui.

— Et c'est une bonne chose ? demanda-t-il en faisant tourner la liqueur dans son verre.

— Je sais que tu as consacré beaucoup de temps et d'énergie à devenir singulier.

Elle jeta un coup d'œil au verre d'Izarra qu'il avait posé sur la table basse située à côté de son fauteuil, mais elle ne le prit pas.

— De mon côté, j'ai toujours été singulière au contraire. Aujourd'hui je dois apprendre à me fondre dans la masse du commun des mortels. Et j'y suis parvenue. Toute seule.

— Toutes mes félicitations, commenta-t-il d'un ton moins neutre qu'il ne l'aurait voulu.

Pourquoi cette pointe d'agressivité dans sa voix ? Si elle le lui demandait, il serait incapable de s'expliquer.

Mais elle ne le lui demanderait pas. C'était là tout le problème.

Il ne pouvait pas se plaindre. Elle lui était revenue pleine d'ardeur et de générosité, lui offrant son corps et son temps sans compter. Elle avait été un rayon de soleil espagnol dans la brume londonienne.

Plusieurs semaines avaient passé depuis qu'elle était apparue dans son bureau. N'ayant jamais vécu avec aucune femme, il aurait dû réfléchir avant de l'inviter à s'installer chez lui. Mais il avait voulu vérifier si la passion dévorante qui l'avait tant déstabilisé à Cap Morat continuerait à l'affecter à Londres, où il était censé se rendre au bureau tous les jours. Il lui avait rappelé que leur relation était purement sexuelle, et dans ce domaine leur entente était toujours aussi fabuleuse. C'était en dehors du lit qu'il se sentait… pas perturbé. Le mot était trop fort. Disons qu'il était sur les nerfs. Au début, elle était rayonnante mais, depuis quelque temps, elle semblait moins exubérante. Un peu éteinte. Quand il lui demandait si tout allait bien, elle répondait que oui avec un grand sourire. Et elle lui prouvait que son désir était toujours aussi intense.

Pourquoi ne pouvait-il pas s'en contenter ? N'était-ce pas ce dont il avait rêvé ?

— Cette bibliothèque, par exemple, dit-elle de ce ton affable qu'elle employait de plus en plus souvent.

Et justement, il ne croyait pas à cette affabilité. Parce qu'il voyait l'éclat de ses yeux bleus se ternir jour après jour. Il avait l'impression de la perdre alors qu'elle était juste là, avec lui. C'était à devenir fou.

— Tu te complais à brandir ton manque de pedigree et de culture comme un étendard. Mais cette bibliothèque raconte une tout autre histoire.

Il ne s'attendait pas à ça… Le cœur de Joaquin se mit à battre à tout rompre.

— Je ne fais que singer les gens plus cultivés que moi, ironisa-t-il. N'est-ce pas le fantasme des classes supérieures ? Que nous, les ploucs, nous fassions de notre mieux pour nous dégrossir. Dans la mesure du possible, bien sûr.

— Je ne peux pas approuver cette théorie, Joaquin.

Il scruta le visage d'Amalia. Il y avait une note réprobatrice dans sa voix. Il en était sûr. Ce n'était pas un effet de son imagination. Mais son visage demeurait impénétrable. Elle avait un air trop serein. Trop distant. Elle était devenue une sorte de fantôme, sauf au lit. Leur désir mutuel ne faiblissait jamais, mais il voulait retrouver l'Amalia qui était radieuse et exaltée en permanence. L'Amalia qu'il… Non. Autrefois il l'avait aimée, oui. Mais ça remontait à très longtemps. Aujourd'hui il n'était plus aussi inconscient.

— De toute façon, je n'ai pas particulièrement envie d'impressionner des aristos snobinards, déclara-t-il.

— C'est toi qui parles d'exécuter des prouesses devant les autres, comme s'ils étaient susceptibles de te noter. Mais il y a dans cette pièce trop de livres dont l'état indique qu'ils ont été souvent consultés pour que je puisse croire que tu n'as pas passé beaucoup de temps à te cultiver. Et te connaissant, je soupçonne que tu prends un malin plaisir à laisser croire aux aristos en question que tu ne comprends pas ce dont ils parlent. Alors qu'en fait tu comprends très bien.

— Des aristos snobinards comme toi, tu veux dire.

Elle sourit.

— Tu oublies que je ne suis justement pas une aristo. Je viens d'une famille de paysans dont les ancêtres ont quitté l'Irlande à l'époque de la grande famine. Je crains que tu ne sois obligé de passer ta colère contre les classes supérieures sur quelqu'un d'autre.

Elle avait beau parler d'une voix égale, elle était de plus en plus distante. Et il avait de plus en plus l'impression qu'elle lui échappait… Que la lumière qu'elle avait apportée se voilait… Mais comment pouvait-il penser de telles inepties ? Il avait l'habitude de s'en tenir aux faits. Pas de se fier à des impressions. Joaquin se leva de son siège inconfortable et rejoignit Amalia pour la hisser sur ses pieds. Elle s'alanguit aussitôt contre lui. Et la passion les emporta une fois de plus, sur le sol de la bibliothèque.

Les jours se succédèrent. Il se rendit à Hong Kong. À New York. À Perth. Et qu'il emmène Amalia ou qu'il la laisse à Londres, rien ne pouvait lui faire retrouver son enthousiasme.

Un soir, après avoir conclu sa dernière réunion, il regagna l'hôtel qu'il possédait à Singapour et la trouva dans la piscine privée de la suite présidentielle. Sans lui signaler sa présence, il la regarda enchaîner les longueurs. Elle finit par s'arrêter un moment à une extrémité du bassin pour contempler la ville. Lorsqu'elle se retourna, elle le vit et tressaillit. Mais ce qui le frappa avant tout, ce furent ses yeux. Rouges et gonflés. Il sentit son cœur se serrer.

— Tu as pleuré ?

— Pourquoi cette question ?

Elle pressa les doigts sur ses paupières avant d'ajouter :

— Ça doit être le chlore.

— Vraiment ?

Elle le regarda en silence pendant un long moment. Déstabilisé par la lueur indéfinissable qui brillait dans ses yeux, il sentit son désarroi s'accroître et vacilla sur ses jambes. Que lui arrivait-il ? Jamais il ne vacillait sur ses jambes. Jamais. Elle nagea jusqu'à l'échelle la plus proche de lui et sortit de l'eau. Lorsqu'il vit qu'elle était nue, il en oublia ses jambes vacillantes.

— Quelle raison aurais-je de pleurer ? demanda-t-elle d'une voix enjôleuse.

*Elle utilise le sexe pour éviter de répondre*. Ce fut la pensée qui s'imposa à lui. Il ne fut pas sûr de trouver ça réjouissant. Mais très vite il arrêta de se poser des questions, emporté dans un nouveau tourbillon de passion.

De retour à Londres il se rappela cette soirée. La piscine. Les yeux rouges d'Amalia. La façon dont elle avait esquivé ses questions… Et il fut obligé d'admettre sa frustration. Il supportait de moins en moins qu'elle garde ses distances. Tous les soirs ils dînaient ensemble et il se surprenait souvent à tenter de lui soutirer des confidences. Comment pouvait-il avoir changé à ce point ?

Un soir, lorsqu'il rentra du bureau, elle l'attendait dans le salon, vêtue du genre de tenue qu'elle utilisait autrefois comme une armure. Une tenue de princesse habituée à se contrôler en toutes circonstances. De toute évidence, elle avait décidé d'avoir une conversation avec lui. Enfin.

Mais tout à coup il n'avait plus aucune envie de discuter avec elle. Pas si elle éprouvait le besoin de revêtir son armure pour lui parler.

— Je suis affamé, déclara-t-il.

Pour toute réponse elle lui adressa un de ses sourires dépourvus de toute chaleur qui le hérissaient. Puis elle le suivit à l'étage, où la table était dressée dans son coin favori. Derrière la baie vitrée, Londres scintillait de toutes ses lumières, depuis Blackfriars jusqu'à la City.

— De toute évidence tu as quelque chose à me dire, déclara-t-il à la fin du repas. Ce qui change un peu après toutes ces semaines de silence.

Elle plissa le front.

— De silence ? Nous discutons sans arrêt.

— En effet. De choses sans importance.

— Joaquin, tu as insisté pour que nous évitions les conversations personnelles. À moins que j'aie mal compris ?

Il serra les dents.

— Non.

Elle lui adressa un nouveau sourire sans éclat avant de poursuivre.

— J'ai d'excellentes nouvelles.

Il se raidit. Quelque chose lui disait qu'il n'allait pas être d'accord avec ce qualificatif.

— J'ai régulièrement des nouvelles de Delaney Clark. La véritable princesse héritière du trône d'Île d'Montagne.

— Je sais qui est Delaney Clark, Amalia.

Elle hocha brièvement la tête, sans paraître remarquer son ton crispé. Ce qui acheva de l'horripiler.

— Je l'avais trouvée sympathique lors de notre seule rencontre sur l'île. Mais en réalité j'avais du mal à savoir ce que je ressentais à l'époque. Cette unique rencontre était une sorte de mise en scène et tout autour de nous l'atmosphère était un peu… tendue. Bref, après mon voyage au Kansas, il m'a semblé un peu dommage que nous ne restions pas en relation pour nous entraider. En fait, c'est elle qui a repris contact avec moi.

— C'est logique. Il est beaucoup plus facile de

prendre la suite d'une fermière que d'une princesse, dit-il en se radoucissant.

— Précisément. Je suis heureuse que ce soit aussi évident pour elle et pour toi. À moi, ça ne m'était pas venu à l'idée.

— Parce que c'est toi qui as rétrogradé, Amalia. L'histoire de Cendrillon à l'envers n'est pas encore écrite.

Amalia déglutit péniblement et but une gorgée de vin.

— Delaney m'a offert un poste.

— Pardon ?

— Elle et la reine Esme souhaitent me nommer à un poste qui vient d'être créé. Un poste de conseillère. Delaney a besoin de quelqu'un qui puisse la préparer au rôle qui sera le sien, mais il faut que ce soit quelqu'un en qui elle a confiance. Quelqu'un qui n'ait pas d'ambitions personnelles et qui ne risque pas de la trahir en vendant des informations aux tabloïds.

— Pourquoi te ferait-elle confiance ? demanda-t-il d'une voix glaciale. C'est à cause d'elle que tu as été chassée de chez toi.

Amalia croisa les mains sur la table.

— Ce n'est pas tout à fait exact. Delaney est comme moi victime des circonstances. C'est son mari qui a découvert la vérité sur notre échange à la naissance. C'est lui qui est allé la chercher au Kansas et qui a tout déclenché. Elle n'y est pour rien.

— Soit tu es la personne la plus altruiste qui a jamais foulé cette terre, soit tu es une idiote.

— Merci, rétorqua-t-elle, les yeux étincelants. J'apprécie ton soutien, Joaquin. Dans ce domaine comme dans tous les autres.

Il fut submergé par un mélange détonant de colère et de souffrance. S'il l'avait pu, il aurait hurlé assez fort pour faire voler en éclats toutes les vitres de son penthouse. Et de Londres… Inspirant profondément, il scruta le visage d'Amalia. Elle le regardait d'un air un peu trop perspicace. Comme si elle connaissait chacune de ses pensées. Comme si elle savait…

— Je suppose que le télétravail est exclu. Si tu as décidé de me quitter de nouveau, Amalia, j'aimerais que tu le dises.

— Comment ? demanda-t-elle d'une voix résignée qu'il ne lui connaissait pas. Comment penses-tu que je devrais te parler, Joaquin ? Alors que tu ne veux pas que je te parle ?

Il aimerait tant que ce soit une provocation… Mais non. Elle lui posait ces questions avec sincérité. Avec douceur. Et une pointe d'espoir aussi. Mais sans crainte, apparemment. Il n'avait jamais vu personne se conduire de manière aussi imprudente.

Joaquin se leva d'un bond. Et s'immobilisa. Que faire ? Renverser la table en hurlant ? Exiger qu'elle l'aime davantage que le palais qui l'avait chassée, alors qu'il lui avait expressément interdit de l'aimer ? Lui ordonner de mieux se protéger ?

— Tu es ici depuis des semaines. Des *semaines*. Tu crois que c'est un privilège que j'accorde à n'importe qui ?

— Je sais que non.

Il vit le tourment dans ses yeux et il fut écrasé par un mélange de souffrance et de remords.

— Mais c'est justement ma punition, n'est-ce pas ? poursuivit-elle d'une voix morne. C'est ce que tu voulais depuis le début. Me faire payer. Me garder auprès de toi sans rien me donner en retour. Alors dis-moi comment je dois m'y prendre pour te parler vraiment ? Pour me confier à toi ? Dis-moi ce que je dois faire et je le ferai.

Il déglutit péniblement. Ce serait différent si elle se mettait en colère, si elle lui lançait des paroles blessantes… Mais elle avait un air vulnérable et son regard était doux. Beaucoup trop doux à son goût… Elle le tuait.

— Je t'ai donné tout ce que je suis capable de donner ! cria-t-il.

Puis il se figea, profondément ébranlé par cette vérité qui venait de lui échapper sans qu'il le veuille. Il avait passé toutes ces semaines à l'observer. À la regarder dépérir devant lui. Alors que le véritable problème, c'était sans doute lui. Parce qu'il ne pouvait pas lui donner ce qu'elle attendait de lui. Il avait été façonné par la cruauté de l'existence, par le combat pour la survie qu'il avait dû mener dès l'enfance. Il n'avait pas en lui la douceur ni la générosité dont elle avait besoin.

— Ce que tu veux, je ne l'ai pas en moi, reprit-il d'une voix rauque.

Une profonde détresse altéra les traits d'Amalia mais elle ne détourna pas le regard. Elle se redressa même sur son siège. Ses yeux bleus brillaient d'un éclat suspect. Comme il aimerait pouvoir se dire que ce n'étaient pas des larmes… Elle le tuait.

— Est-ce que tu m'aimes, Joaquin ?

Il eut l'impression que ses genoux se dérobaient sous lui. Qu'il s'effondrait. Pourtant, il était toujours debout… Comment osait-elle lui poser cette question ?

— Je t'ai déjà aimée une fois, Amalia. C'est plus que suffisant.

Elle se leva.

— Tu ne m'as aimée que rétrospectivement, Joaquin.

Elle ne criait toujours pas. Elle n'était pas non plus froide ni distante. Sa voix était toujours aussi douce… Alors qu'il aurait préféré des hurlements, de la vaisselle cassée. Des preuves qu'il n'était pas le seul à être dévasté.

— Et uniquement pour justifier ta colère. Parce que tu étais furieux que j'aie osé me montrer à la hauteur des responsabilités qui étaient les miennes avant que je te rencontre. Tu ne m'as aimée que lorsque ça t'a arrangé. Lorsque tu as pu t'en servir comme une arme de plus contre moi.

Au prix d'un effort surhumain, il parvint à ne pas crier.

— Tu ne sais pas de quoi tu parles.

Parce que l'amour qu'il avait éprouvé pour elle cinq ans plus tôt lui semblait irréel. Ce qu'il ressentait aujourd'hui était beaucoup plus profond. *Éternel*, lui souffla une petite voix. Mais il refusa de l'écouter.

— Si, je sais, objecta-t-elle. Je reviens toujours vers toi. Je ne renonce pas. Je continue à espérer qu'en t'aimant je t'entraînerai et que tu finiras par m'aimer en retour. Mais ça ne marche pas. Ça ne fait qu'engendrer de la souffrance.

— Pourquoi ne reconnais-tu pas simplement que la vie de paysanne anonyme ne te plaît pas ? Que tes promenades dans Oxford Street te donnent le sentiment d'être ordinaire. Interchangeable. Et qu'Amalia Montaigne, ex-princesse héritière d'Île d'Montagne ne peut pas le supporter.

Elle secoua la tête, le regard de plus en plus brillant.

— Tu es en train de prouver ce que je viens de dire.

— Si tu me quittes encore, ce sera la dernière fois. Ce sera la fin, Amalia. Tu pourras t'agenouiller autant que tu voudras, ça ne changera rien.

— Si tu te sens obligé de me menacer pour me

garder, c'est que tu ne m'aimes pas. Et je doute que tu m'aies aimée un jour.

Il eut envie de protester. De crier. Mais il resta pétrifié.

— Joaquin, tu n'aimes rien. Et si je reste, j'ai peur que cette absence d'amour me ronge petit à petit jusqu'à ce que mon cœur devienne aussi vide que le tien.

Il y eut comme un grand vacarme en lui. Il eut envie de tomber à genoux pour une fois. De la supplier de rester avec lui. De faire n'importe quoi pour la garder. Mais il n'était pas ce genre d'homme. Il était un homme qui était sorti du caniveau par la seule force de sa volonté. Joaquin Vargas dominait, il ne cédait pas. Il ne demandait jamais rien à personne.

— Personne ne t'oblige à rester ici. Personne ne t'impose ce vide. Si tu veux partir, pars. Je ne te retiendrai pas.

Elle laissa échapper une sorte de sanglot étouffé qui lui arracha le cœur. Mais il ne bougea pas. Il ne fit pas un geste. Il ne s'agenouilla surtout pas.

Amalia s'éloigna, la tête haute et la démarche assurée. Elle s'immobilisa sur le seuil de la pièce, vacilla et se retint à l'encadrement de la porte.

— Joaquin…

— Tu me quittes ou pas ? lança-t-il sèchement malgré une folle envie de se jeter à ses pieds.

Elle laissa échapper un nouveau sanglot, plus sonore. Encore plus insupportable.

Mais elle ne se retourna pas. Et elle s'en alla.

Il tenta de se dire que c'était une nouvelle victoire. Une énième raison d'être fier de sa réussite. En réalité il se rassit sur sa chaise, sans être certain de se relever un jour.

Amalia ne revint pas. Il entendit le bip du système

de sécurité lorsqu'elle quitta l'appartement. Il resta assis un long, très long moment. Il se sentait aussi vide qu'elle l'avait dit.

Mais au moins, il avait gagné. C'était déjà ça.

# 10.

Le retour à Île d'Montagne eut quelque chose de surnaturel.

Pour commencer, le chauffeur qui l'attendait à l'aérodrome privé était celui qui était toujours venu la chercher quand elle était princesse. Ensuite, à sa grande surprise, il ne la déposa pas devant une des entrées privées du palais mais devant l'entrée principale, où n'importe qui pouvait assister à son arrivée et en informer le monde entier.

Elle qui s'attendait à ce que le palais tienne à garder la plus grande discrétion sur sa présence… Après tout, à partir du moment où il avait été confirmé qu'elle n'était pas la fille de la reine Esme, les médias l'avaient appelée « notre fausse princesse »…

Et les conseillers du palais ne l'avaient plus regardée de la même manière.

Jamais elle n'avait envisagé un seul instant que le palais pourrait ne pas garder le secret sur son retour.

Lorsque la limousine s'arrêta devant l'entrée principale, elle retrouva instantanément tous les réflexes acquis pendant ses années de formation. Comme si elle n'était jamais partie. Elle savait exactement comment descendre de voiture. Et comment marcher avec assurance, mais la tête légèrement inclinée pour manifester son respect envers la monarchie.

Pour l'occasion, elle avait mis une robe de coupe sobre avec un cardigan en cachemire. Seuls ses talons aiguilles étaient un peu trop extravagants pour quelqu'un qui ne pouvait plus aspirer à monter sur le trône. Les courtisans allaient murmurer qu'elle avait des idées de grandeur.

La bonne nouvelle, c'était qu'elle n'avait plus à se préoccuper de ce que pensaient les courtisans. Et de toute façon, ils trouveraient toujours quelque chose à redire, quoi qu'elle porte.

Elle s'attendait à être reçue dans le grand hall du palais par un huissier qui la conduirait dans une salle de réception où elle patienterait jusqu'à ce que quelqu'un vienne lui donner des instructions. Sans aucun doute un des employés qu'elle connaissait.

Mais à sa grande surprise, la personne qui l'accueillit sous un lustre ayant inspiré pas moins de sept poèmes célèbres n'était autre que Delaney Clark.

— Ah, je suis heureuse de vous voir, déclara celle-ci d'un ton chaleureux avec son accent américain.

Depuis quand n'y avait-il pas eu d'Américains au palais ? se demanda Amalia. Y avait-il jamais eu des Américains au palais ? En tout cas, cet accent lui rappelait son séjour au Kansas et c'était bien agréable.

— Je commets sans arrêt des erreurs, ajouta Delaney.

— Vous ne devriez pas m'accueillir vous-même, acquiesça implicitement Amalia. C'est le genre de chose dont vous devez charger vos assistants, si possible. Afin que personne n'ignore quelle est sa place.

Delaney portait une tenue qui ressemblait à la sienne. Et à vrai dire leur ressemblance était frappante, quelle que soit leur tenue. Mêmes cheveux noirs. Mêmes yeux bleus. Il y avait quelques différences dans les traits, bien sûr. Et elle était plus grande que Delaney. Qui avait des taches de rousseur sur le nez, contrairement à elle.

Cependant, elles pourraient facilement passer pour des sœurs.

— Je suis américaine, répliqua Delaney en souriant. Je n'ai pas le sens de la hiérarchie.

— Bienvenue en Europe, où nous l'avons tous…

Delaney s'immobilisa devant Amalia, l'air soudain très sérieux.

— Je sais que vous avez été très gentille avec ma mère. Je ne l'oublierai jamais.

Amalia sourit.

— Si vous parlez de la reine, j'ai été gentille avec elle toute ma vie. Si vous parlez de Catherine, il se trouve que c'est également ma mère.

— Je sais qu'il m'est impossible d'imaginer à quel point tout cela a dû être difficile pour vous. En ce qui me concerne, on me parle sans arrêt de mon changement de vie comme si chaque instant devrait être un enchantement. Apparemment je suis une Cendrillon mémorable.

Amalia se força à sourire. L'évocation de Cendrillon lui rappelait Joaquin, et penser à Joaquin était douloureux. Mais essayer de ne pas penser à lui était douloureux également.

Tout était douloureux.

— Quelqu'un m'a dit que j'étais Cendrillon à l'envers et que cette histoire n'était pas encore écrite.

Delaney darda sur elle un regard perspicace et Amalia se remémora leur première rencontre. Elles étaient aussi embarrassées l'une que l'autre, mais elle l'avait quand même trouvée sympathique. C'était encore plus vrai aujourd'hui. Peut-être parce qu'elle avait passé du temps dans la ferme du Kansas, à discuter avec Catherine pendant des soirées entières de gens que Delaney avait connus et aimés.

Elles avaient déjà échangé leurs vies plus d'une fois toutes les deux. Comment pourraient-elles ne pas éprouver de la sympathie l'une pour l'autre ?

— Il semble que vous soyez venue au bon endroit, déclara Delaney. Parce que nous avons visiblement beaucoup de nouvelles histoires à écrire ensemble, vous et moi.

Au lieu d'appeler des employés pour leur demander de conduire Amalia à sa chambre, Delaney l'accompagna elle-même.

— Vous n'êtes pas sérieuse, dit Amalia lorsqu'elles arrivèrent devant la porte de son ancienne suite. Ce sont les appartements de la princesse héritière. Et donc les vôtres, Votre Altesse.

— Appelez-moi Delaney, je vous en prie. Je ne loge pas au palais.

Devant l'air stupéfait d'Amalia, Delaney poussa un petit soupir.

— Mon mari préfère habiter sous un autre toit que la reine.

— Je vois.

Amalia voyait, en effet. Cayetano Arcieri, ennemi juré des Montaigne depuis sa naissance – en raison d'une rivalité ancestrale entre les deux familles – ne pouvait pas envisager d'habiter au palais. Pas avant que son épouse monte sur le trône.

— Avez-vous choisi le petit manoir ? J'ai toujours

pensé que ce serait l'endroit idéal où s'installer. Assez proche du palais, mais aussi assez éloigné.

— C'est pour cette raison que vous êtes la seule personne à qui je puisse demander de m'aider. Vous savez déjà tout ce que j'ai été obligée d'apprendre dès mon arrivée.

Amalia hocha la tête. Cette situation était pour le moins étrange. Cependant, quand Delaney avait pris contact avec elle à Londres pour lui faire cette proposition, elle avait tout de suite su que cette mission était faite pour elle. Le souvenir de Catherine et des champs de maïs s'imposa à elle et, au mépris du protocole, elle posa la main sur le bras de Delaney.

— Je jouais très, très bien le rôle de princesse héritière. Et ce sera un honneur pour moi de vous aider à le jouer encore mieux.

Esme n'étant pas disponible, d'après ce qu'on lui répondait à chaque fois qu'elle tentait de la voir, Amalia passa les premières journées dans le manoir en compagnie de Delaney et de son redoutable mari, qui la considérait avec une suspicion non dissimulée. Ce qu'elle lui rendait bien.

— Cette idée ne vient pas de moi, annonça-t-il dès leur première rencontre.

— Ni de moi, comme tout le monde peut s'en douter, répliqua Amalia avec un sourire courtois.

— Elle vient de moi comme tu le sais, et c'est une bonne idée, intervint Delaney en adressant à son mari un sourire conciliant.

En conséquence, il ne restait plus à Cayetano et à Amalia, élevés depuis leur naissance comme des ennemis mortels, à apprendre à s'entendre.

Amalia installa un bureau dans le palais. Avec une

idée très précise des employés dont elle souhaitait la collaboration et de ceux qu'elle ne voulait surtout pas voir participer à cette entreprise particulière.

— En fait, tu es ma secrétaire générale, dit un jour Delaney, affalée dans un fauteuil dans le bureau d'Amalia.

Elle portait une tenue qui aurait donné des vapeurs à la reine Esme si elle l'avait vue. Un T-shirt proclamant Midwest Is Best et un jean que les anciennes femmes de chambre d'Amalia auraient subtilisés pour les brûler sans demander l'avis de personne.

— La princesse héritière n'a pas de secrétaire générale, répliqua Amalia. C'est un titre de fonctionnaire, beaucoup trop commun. N'oublie pas que tu appartiens à une famille royale dont l'arbre généalogique remonte au Moyen Âge.

Elle sourit avant d'ajouter :

— Je crois que tu peux plutôt me considérer comme ta dame d'honneur.

Delaney soupira.

— C'est un titre ridicule. Surtout vu tout le travail que tu accomplis.

— C'est le secret du véritable pouvoir. L'important, ce ne sont pas les termes employés pour le désigner mais les moyens dont on dispose pour l'exercer.

— Je crois deviner que ma formation vient de commencer, dit Delaney en pouffant.

Quand elle n'était pas au palais ni dans le manoir avec Delaney, Amalia partait se promener. Elle avait décidé qu'elle ne voulait pas vivre au palais, et encore moins dans les appartements qu'elle occupait dans sa vie antérieure. Aujourd'hui elle était une personne privée. Et même si elle servait de nouveau la couronne, elle avait le droit d'avoir une vie rien qu'à elle.

Elle avait vécu sur cette île pratiquement toute sa vie et pourtant elle la connaissait très mal. Elle n'avait jamais circulé dans la ville principale autrement qu'en voiture officielle et, lorsqu'elle s'était rendue dans d'autres endroits, c'était toujours à l'occasion de visites tout aussi officielles. À présent elle était enfin libre de circuler à pied et de faire tout ce qu'elle voulait. Au début elle craignait que sa présence ne soit mal perçue, mais c'était tout le contraire. Les gens s'arrêtaient pour lui parler. Beaucoup la félicitaient pour l'élégance avec laquelle elle avait accepté de partir.

— Je pense que j'aurais piqué une crise ou deux, lui avait confié une femme sur le marché.

— J'aurais saccagé le palais, avait juré une autre.

— J'ai peut-être craqué une allumette, avait-elle répondu en souriant. Mais je l'ai éteinte aussitôt.

Au bout de dix jours, après avoir repéré ses endroits favoris et visité différents quartiers, elle acheta une petite maison à flanc de colline avec vue sur le palais mais aussi sur la mer. Et s'il lui arrivait parfois, dans la première demeure qui lui appartenait et où elle vivait seule, de chercher à l'horizon la silhouette d'une forteresse dressée sur une autre île, pouvait-elle vraiment s'en vouloir ? C'était l'avantage d'avoir le cœur en miettes. Le risque de le briser un peu plus était très faible. Pourquoi ne pas s'autoriser à scruter l'horizon ? Pourquoi ne pas donner libre cours à ses larmes le soir dans son lit ? C'était juste la vie. Sa vie, qu'elle lui plaise ou non.

— Vous devez être une sainte, railla un matin le paparazzi le plus déplaisant de tous.

Elle aimait se rendre au travail à pied parce que cela lui laissait le temps de vider son esprit des dernières bribes des rêves qu'elle faisait chaque nuit. Des rêves dans lesquels Joaquin tenait la vedette. Elle en profitait pour respirer à pleins poumons l'air frais qui sentait bon le sel et les fleurs, comme dans son souvenir. Elle aimait se dire que c'était ça être vivante. Pieds en mouvement. Cœur endolori. Respiration ample. Et savourer chaque sensation envers et contre tout.

Elle sourit, alors qu'elle n'en avait pas la moindre envie.

— J'espère que non. Les saints ne connaissent-ils pas des morts horribles ?

— Vous pouvez me dire quel genre de personne est capable de se laisser chasser de la famille royale pour revenir ensuite au palais conseiller celle qui a pris sa place ?

L'odieux personnage secoua la tête.

— Je vais vous le dire. Une traîtresse ou une arnaqueuse.

— Pensez ce que vous voulez, Maurizio, rétorqua-t-elle avec une désinvolture qu'à sa grande joie elle n'eut pas besoin de feindre.

Elle détestait cet homme, mais elle se moquait éperdument de ce qu'il pourrait raconter à son sujet. Ça ne nuirait à personne.

Plus tard dans la journée, après avoir préparé Delaney à une série de rendez-vous, Amalia se retira dans un petit salon qu'elle savait peu utilisé pour y prendre des notes. Un moment plus tard, lorsqu'elle leva les yeux, la reine était là. Amalia resta un instant interdite, puis elle se ressaisit et se leva pour faire une révérence. Pas celle par laquelle elle saluait sa mère chaque matin autrefois, mais le genre de révérence très profonde exigée des roturiers.

— Il me semble que tu es américaine, déclara Esme d'un ton neutre. Et en tant que telle, tu n'es pas tenue de faire la révérence à quiconque.

Amalia se redressa mais garda les yeux baissés.

— Mais je pense toujours à toi comme étant ma mère. Et je ne peux pas m'empêcher de te témoigner mon respect.

Elle avait eu l'intention de parler d'un ton léger. Pourquoi n'était-ce pas l'effet obtenu ? Alors que ses paroles semblaient résonner dans le silence, elle leva les yeux. La reine Esme, pour qui tout signe de faiblesse était une faute majeure… avait les yeux étonnamment humides. Au bout d'un long moment, elle finit par dire d'une voix beaucoup moins sonore qu'à l'ordinaire :

— J'espère que tu sais… J'espère que tu comprends…

Elle fit une pause avant de reprendre.

— J'ai appris très tôt à accorder la priorité absolue à une seule chose. Je l'ai accepté sans trop de peine et je t'ai élevée dans le même esprit. Pendant toutes ces années j'ai cru sincèrement que ce dont je manquais en tant que mère je pourrais le compenser en tant que reine. Jamais je n'avais envisagé que je pourrais te perdre, Amalia. Ce qui est arrivé m'a…

Elle soupira.

— C'est impensable. Je suis complètement dépassée.

— Delaney sera une bien meilleure princesse héritière que moi, assura Amalia.

Elle aurait dit ça de toute façon. Mais en le disant elle venait de découvrir qu'elle était sincère. Que Delaney soit présente ou pas n'y changeait rien.

— De toute façon, c'est elle la véritable princesse. C'est ce qui compte.

— Mais elle a épousé un Arcieri, dit Esme d'une voix amère.

Puis elle expira lentement.

— Et elle n'est pas vraiment à moi. Pas comme tu l'es.

L'ancienne Amalia aurait été comblée par cet aveu. Venant d'une femme qui n'exprimait jamais le moindre sentiment, il était spectaculaire. Mais elle n'était plus l'Amalia qui avait quitté le palais en catimini. Elle était l'Amalia qui s'était agenouillée sur la pierre et qui avait marché sur le feu. Qui avait trouvé une certaine forme de paix dans un champ de maïs au Kansas et qui avait reconnu instantanément une étrangère en la regardant dans les yeux.

Elle était l'Amalia qui avait perdu l'homme qu'elle aimait trois fois. Et qui n'avait aucun espoir de le retrouver. Elle ne savait que trop bien ce qu'elle avait perdu.

D'une certaine manière, cela lui donnait le courage de regarder Esme dans les yeux.

— Que Delaney ne soit pas à toi est une bonne chose, dit-elle à la reine, qu'elle considérerait toujours comme sa mère. Moi je l'étais trop. J'aurais épousé un de ces mollusques que tu avais choisis pour moi et je t'aurais obéi en tout. Une situation qui te conviendrait très bien, j'en suis sûre, mais seulement tant que tu resterais en vie.

— J'ai l'intention de vivre encore un certain temps, déclara la reine d'un ton vif. Surtout maintenant.

Amalia sourit.

— Longue vie à toi. Mais personne ne vit éternellement, Votre Majesté. Même toi. Et où nos projets auraient-ils conduit le pays ? Un roi faible et une nouvelle reine trop habituée à recevoir des ordres ?

Je pense qu'avec le temps tu découvriras que Delaney sera une bien meilleure reine que moi.

— Peut-être aurait-elle pu le devenir sans le chef de guerre.

— Tu sais bien que son souhait de réunifier le royaume est légitime. Et peut-être qu'il ne te plaît pas, mais il écoute une seule personne sur cette terre. Par chance, c'est ta fille. Elle accomplira de grandes choses.

La reine regarda par-dessus son épaule, plissa le front, et renvoya d'un geste la personne qui l'attendait visiblement dans le couloir. Puis elle reporta son attention sur Amalia.

— Tu ne prenais pas autant de libertés avec moi quand tu vivais ici.

— Je n'osais pas. Encore une raison pour laquelle j'aurais été une reine médiocre.

— Ton ancienne vie ne te manque pas ? N'as-tu pas accepté ce poste pour pouvoir revivre un peu de ta gloire passée ?

Amalia réprima une moue de dérision. N'était-ce pas ce que cet odieux paparazzi avait suggéré ? Il ne serait pas le dernier, sans aucun doute.

— Je vais te confier un secret. Parce que tu as été ma mère et que tu seras toujours ma reine.

Elle se pencha vers Esme et attendit qu'elle en fasse autant, pour pouvoir lui parler à mi-voix.

— Le rôle de princesse héritière ne me manque pas du tout. Je préfère de loin conseiller Delaney et redevenir une personne privée à la fin de la journée. J'ai envie d'une vie normale.

— Et ton goût subit pour les charmes de la vie normale n'aurait-il pas un lien avec ton goût pour un certain homme normal ?

Amalia réprima un soupir. Joaquin était partout où elle allait, mais elle ne s'attendait pas à le trouver dans cette conversation.

— Je suppose que je devrais être indignée que tu m'aies fait surveiller. Mais en réalité, je suis plutôt touchée. De ta part, ça équivaut à une preuve d'amour, Mère. Excuse-moi, je voulais dire Votre Majesté.

Esme lui lança un regard aigu.

— Tu es la seule personne de qui je suis prête à accepter une certaine familiarité. Mais Amalia, Joaquin Vargas ? Au mieux il est impossible.

— Absolument.

*Et c'est pour ça que je suis amoureuse de lui.* Mieux valait ne pas le dire tout haut. Mais peut-être était-ce superflu ?

— Tu n'es pas une princesse, mais il n'en reste pas moins que tu as reçu une des meilleures éducations qui soient. Tu es intelligente et gracieuse. Et tu possèdes une fortune considérable qui ne fera que fructifier. Tu pourrais choisir n'importe quel homme. Faut-il vraiment que ce soit un Espagnol d'une arrogance insupportable ?

Amalia expira lentement.

— J'apprécie l'avertissement, mais le choix ne m'a pas appartenu.

Devant le regard perplexe d'Esme, elle sentit ses joues s'enflammer.

— Il ne veut pas de moi.

Sa voix n'avait pas tremblé. Elle ne s'était pas effondrée. Ses larmes, elle était capable de les garder pour plus tard quand elle serait seule chez elle. N'était-ce pas une raison de se réjouir ? En tout cas, elle était très fière d'elle. C'était déjà ça.

Esme la considéra d'un air songeur pendant un long

moment. Un très long moment… Puis elle redressa les épaules, comme si elle venait de prendre une décision.

— C'est quelque chose que je ne t'aurais jamais dit si tout s'était passé comme prévu. J'aurais fait en sorte que tu ne l'apprennes pas.

Interloquée, Amalia resta silencieuse. La reine indiqua alors d'un geste les fenêtres du salon.

— Je pense que tu as sous-estimé l'intérêt que te porte ton Espagnol arrogant.

Le cœur d'Amalia se mit à tambouriner dans sa poitrine et elle resta un instant clouée sur place. Puis elle se dirigea lentement vers les fenêtres. Les battements de son cœur étaient assourdissants et elle avait du mal à mettre un pied devant l'autre malgré une furieuse envie de courir.

Ce salon situé à l'avant du palais donnait sur la cour d'honneur et au-delà sur la grande place accessible au public, qui comme chaque jour grouillait de touristes. Mais il y avait également un groupe assez important de personnes rassemblées devant les grilles. Des curieux qui regardaient un homme.

Joaquin.

Amalia crut que son cœur cessait de battre.

Joaquin, son Joaquin, ici à Île d'Montagne.

Non, ça ne pouvait pas être *son* Joaquin.

Parce que *ce* Joaquin était à genoux.

# 11.

Joaquin Vargas ne s'agenouillait devant rien ni personne.

Mais il s'agissait d'Amalia.

Et quand il s'agissait d'Amalia, il n'y avait pas de règles. Il y avait seulement la vie avec elle ou sans elle et il avait essayé les deux. Il avait eu la vie avec elle sans s'engager entièrement et il s'était retrouvé sans elle, ce qui était insupportable.

Une chose était sûre. Quand tous les moyens habituels cessaient d'être efficaces, il était temps d'innover.

Il avait imaginé un millier de plans extravagants pour la ramener à lui. La kidnapper, par exemple. C'était mal vu dans la bonne société mais que lui importait la bonne société ? Malgré tout il avait écarté cette idée parce qu'elle ne plairait sans doute pas à Amalia.

Il possédait une fortune considérable. Par conséquent il pourrait lever sa propre armée et prendre d'assaut le palais d'Île d'Montagne. Mais là encore, il était peu probable qu'Amalia approuve une telle initiative.

Il ne pouvait pas prendre le risque de la contrarier.

Depuis qu'elle l'avait quitté à Londres, il était éteint. Amer. Les premiers jours il s'était agité dans tous les sens au bureau et chez lui en fulminant contre tous ceux assez téméraires pour croiser son chemin.

Ça ne l'avait pas calmé le moins du monde.

Et le souvenir d'Amalia continuait de le poursuivre. Mais pas dans des rêves érotiques comme à l'ordinaire. Ce qui s'imposait le plus souvent à son esprit c'était l'image des deux fois où elle s'était rendue sans condition.

Les deux fois à genoux.

À chaque fois elle l'avait complètement désarmé.

Parce que a priori s'agenouiller était un acte de soumission. Une façon de s'humilier. Une attitude qui aurait dû la rabaisser à ses yeux.

Or ce n'était pas du mépris qu'elle lui avait inspiré. Mais de l'admiration.

Elle ne lui avait pas donné l'impression de se rendre. Mais de s'affirmer.

Et elle l'avait fait avec la générosité qui la caractérisait. Sa capitulation apparente était en réalité une offrande.

Une idée avait germé en lui et ne l'avait plus quitté malgré les doutes qui l'accompagnaient. Même s'il ordonnait à ses genoux de plier, lui obéiraient-ils ?

Il était Joaquin Vargas. Il n'obéissait à personne. Il s'était construit en luttant pour sa survie. Et il avait survécu en devenant assez puissant pour que le monde entier s'agenouille devant lui. Mais lui, s'agenouiller ?

Finalement, au cours d'une énième nuit d'insomnie dans un penthouse froid et inconfortable qui semblait désespérément vide en l'absence d'une ex-princesse, il avait affronté la vérité.

Son orgueil voulait le pouvoir.

Mais son cœur voulait Amalia.

À n'importe quel prix.

Il s'était demandé si on le laisserait entrer dans le pays. À son grand soulagement, il n'avait rencontré aucune difficulté. Il s'était rendu sur la célèbre place qu'il avait vue maintes fois à la télévision, alors qu'il feignait de ne pas s'intéresser aux actualités d'Île d'Montagne mais ne ratait jamais un seul bulletin d'information.

Juste au cas où il apercevrait Amalia.

Il s'était mis devant les grilles du palais, avait ignoré les gardes et s'était agenouillé.

Dans l'avion qui l'avait amené de Londres, il s'était répété qu'une fois à genoux il se sentirait mieux. En réalité, il détestait cette position. Il avait le sentiment de ramper. Or il ne rampait jamais.

Mais quand les gardes lui demandèrent de circuler, Joaquin refusa.

— Je suis ici pour Amalia Montaigne. Je ne bougerai pas tant que je ne l'aurai pas vue.

Les gardes allaient-ils tenter de le déloger par la force ? Il ne put s'empêcher de l'espérer. Rien ne serait plus réjouissant que de pouvoir se défouler en distribuant des coups comme à l'époque où il vivait dans la rue.

Mais il y avait également des paparazzis ; c'était prévisible. C'était même la raison pour laquelle il avait choisi cet endroit précis pour sa petite démonstration. Il leur avait fallu très peu de temps pour l'identifier, et des caméras le filmaient déjà.

— Joaquin Vargas à genoux ? railla un paparazzi.

— Je suppose que vous n'avez jamais vu Amalia, répliqua Joaquin, déclenchant des rires et quelques applaudissements parmi la foule.

Nul doute qu'il allait faire les gros titres. Et tant mieux. Cependant, il n'allait pas tarder à perdre patience. Surtout avec ces touristes qui commençaient à prendre des selfies juste devant lui…

À cet instant, les grilles du palais s'ouvrirent et Amalia apparut. Enfin.

Il eut vaguement conscience qu'il y avait des gens derrière elle. Des membres de la famille royale, peut-être. Mais peu importait.

Parce que Amalia venait vers lui. Et tout à coup il se sentait capable de rester agenouillé toute une éternité.

— Joaquin, depuis quand te mets-tu à genoux ?

— C'est ce que tu veux ? demanda-t-il d'une voix rauque en ouvrant les bras.

Un sourire radieux illumina le visage d'Amalia et il crut que son cœur allait exploser de joie. Enfin, il retrouvait son Amalia ! Rayonnante, les yeux étincelants. Et il n'avait qu'une envie. Bondir sur ses pieds et la prendre dans ses bras pour la soustraire aux regards de ces chacals. Et du monde entier.

Elle s'approcha encore et il lui prit les mains. Alors, comme s'ils étaient de nouveau seuls en tête à tête à Cap Morat, elle tomba à genoux elle aussi.

— Tout le monde va vouloir en faire autant et ça va devenir la grande mode, plaisanta-t-il, submergé par un torrent d'émotions.

— Je n'ai pas besoin que tu t'humilies pour moi, murmura-t-elle. Ce n'est pas toi.

— Je ne trouve pas ça humiliant, répliqua-t-il avec sincérité. Se rendre n'est pas un signe de faiblesse. C'est toi qui me l'as appris.

Elle étudia son visage comme si elle le voyait pour la première fois.

— Tu sais que je t'aime. Mais je t'aime tel que tu es, Joaquin. Impossible. Imprévisible. Indomptable. Je n'ai pas besoin que tu te rendes. Je ne le veux pas.

— Je me rends quand même.

Il se pencha vers elle, le visage tout près du sien.

— Ne fais pas ça. C'est injuste. Si tu savais à quel point ça a été dur de te quitter…

— Tu donnais pourtant l'impression que c'était facile, *cariño.* À chaque fois.

Des étincelles jaillirent des yeux bleus.

— Ça me brisait le cœur. Un peu plus chaque fois. Je ne suis pas sûre qu'il m'en reste encore un morceau. Et si tu crois que tu peux…

— Amalia. *Cariño.* Je t'aime.

Les yeux d'Amalia s'écarquillèrent.

— Je t'aime, répéta-t-il avec fougue.

Un murmure parcourut la foule autour d'eux.

— Je n'aime que toi. Je n'aimerai jamais que toi. Avec toi j'arrive à croire que le monde est juste. Que l'enfance que j'ai eue et toutes les choses auxquelles j'ai survécu étaient le prix à payer pour te mériter. Je le crois sincèrement. Et je serais prêt à repayer ce prix.

Son nom s'échappa des lèvres d'Amalia et il sonna comme un sanglot étouffé. Il avait bien cru qu'il ne l'entendrait plus jamais prononcé de cette façon…

— Je ne me contenterai pas d'un été, de quelques mois cinq ans plus tard et de quelques semaines londoniennes sous la pluie.

Il prit une longue mèche de cheveux noirs et soyeux entre ses doigts et la cala derrière l'oreille d'Amalia.

— Je veux tout, tous les jours, tout le temps. Je veux tout de toi. Pas de cloisonnement. Pas de règles. Je veux ton corps, ça, tu le sais déjà. Mais ça ne me suffit pas. Je veux ton cœur. Je veux tes rêves. Tes espoirs, tes souhaits, tes idées les plus folles. Je veux entrelacer ta vie et la mienne pour que nous devenions aussi proches que peuvent l'être deux êtres humains.

— Je veux tout ça moi aussi, murmura-t-elle.

Ce fut seulement à cet instant qu'il se rendit compte que ses yeux bleus étaient noyés de larmes, qui roulèrent sur ses joues.

— Tu ne peux pas imaginer à quel point j'en ai envie. Mais, Joaquin, tu ne veux pas d'enfants. Or moi je veux une famille que personne ne puisse échanger avec une autre.

Elle inspira profondément.

— Je veux tout, Joaquin. Pas toi.

Quelques mois plus tôt, il lui aurait dit qu'elle avait raison. Aujourd'hui il savait que ce n'était plus le cas. Joaquin appuya son front contre celui d'Amalia.

— Pour toi, mon Amalia, j'ai appris à devenir un homme. Tu m'as enseigné ce que signifiait être humain, et je t'ai récompensée en te brisant le cœur. Mais tu t'es quand même mise à genoux devant moi. Tu as quand même continué à m'aimer.

— Je n'ai jamais aimé que toi. Dès l'instant où j'ai quitté le palais, même si ce n'était pas ce que j'avais prévu, j'ai couru vers toi. Je courrai toujours vers toi.

— Ce ne sera plus nécessaire. Parce que je serai toujours là, auprès de toi.

De nouvelles larmes roulèrent sur les joues d'Amalia. Il les essuya.

— Pour toi je deviendrai un mari, promit-il, à genoux en pleine lumière. Et un père. Tu sais qui je suis, Amalia. Les caniveaux de Bilbao étaient trop étroits pour moi. Je n'ai jamais accepté aucune des limites qu'on a tenté de m'imposer. Tous mes rêves, je les ai réalisés. Il y a une seule femme au monde que je veux pour épouse. Une seule femme dont je veux un enfant.

Les larmes d'Amalia coulaient désormais à flots, mais elles n'avaient rien à voir avec celles qui gonflaient ses yeux dans la piscine à Singapour. Elle était en proie à une foule d'émotions mais la tristesse n'en faisait plus partie. Elle n'était plus un fantôme qui lui échappait. Elle était là, dans ses bras, où était sa place.

— Je dois être en train de rêver, murmura-t-elle. C'est un rêve que j'ai déjà fait.

— Si c'est un rêve, je suis très étonnée d'être dedans.

La voix inconnue fit lever les yeux à Joaquin. Il vit une femme qui avait les cheveux noirs et les yeux bleus comme Amalia, mais qui ne lui arrivait pas à la cheville. Elle était en compagnie d'un homme au regard d'aigle et à côté d'eux se tenait la reine Esme. Qui n'allait sans doute pas tarder à lui manifester son plus profond mépris…

Mais contre toute attente, la reine salua Joaquin d'un hochement de tête comme si elle lui donnait sa bénédiction. Elle alla même jusqu'à lui adresser un sourire.

Il reporta son attention sur Amalia. Elle avait le même air émerveillé que cinq ans plus tôt, pendant leur premier été.

— Épouse-moi, demanda-t-il. Et vivons pleinement chaque instant que nous partageons.

— Ne nous contentons jamais d'exister.

— Jamais, promit-il.

Puis il attendit, à genoux devant un palais royal, sous les yeux de la seule princesse qu'il avait aimée.

Il était prêt à attendre une éternité.

Avec un sourire resplendissant, Amalia se jeta à son cou et l'embrassa.

Comme si, ensemble, ils avaient écrit un conte de fées inédit.

L'histoire de l'homme farouche comme un loup et de la princesse qui l'a apprivoisé sans le dompter.

En l'aimant tout simplement tel qu'il était.

# 12.

La reine Esme insista pour organiser le mariage d'Amalia et fit venir Catherine du Kansas.

Amalia et Delaney furent à la fois surprises et amusées de voir ces deux femmes puissantes chacune à sa manière nouer peu à peu des liens avec un plaisir manifeste.

— Je crois que nous sommes un peu sœurs à notre manière, dit Amalia à Delaney alors que leurs mères venaient de s'esclaffer.

Avait-elle seulement déjà vu la reine Esme rire ? Elle n'en gardait pas le souvenir.

— Eh oui, nous formons une famille, acquiesça Delaney d'un ton malicieux. Il faut nous y faire.

Ce fut ainsi qu'Amalia Montaigne, ex-princesse héritière d'Île d'Montagne, épousa l'homme de sa vie dans la cathédrale royale où elle aurait dû en principe se marier avec un prétendant imposé par sa mère.

*C'est quand même beaucoup mieux comme ça*, songea-t-elle en remontant l'allée centrale dans une robe qui avait fait verser des larmes à chacune de ses mères.

Parce qu'au lieu d'un homme falot qui ne lui aurait inspiré au mieux que de l'indifférence c'était Joaquin qui l'attendait devant l'autel en costume de marié. Avec son air délicieusement voyou et ses yeux émeraude étincelants de passion.

À la fin de la cérémonie, ce furent deux mères au lieu d'une qui l'embrassèrent puis serrèrent Joaquin dans leurs bras.

Nul doute que le lendemain tous les médias rivaliseraient d'esprit dans leurs reportages. Même si sa demande en mariage pleine de panache et d'humilité avait valu à Joaquin l'admiration du public. L'élégance avec laquelle il avait coupé court aux sarcasmes d'un paparazzi avait remporté un franc succès dans le monde entier. Les armes des journalistes étaient donc émoussées et le moindre soupçon de malveillance se retournerait contre eux. Mais à vrai dire, elle se moquait éperdument des commentaires de la presse, favorables ou non.

En fin de journée Joaquin et elle partirent à Cap Morat, pour passer leur lune de miel dans la suite nuptiale située au dernier étage de la forteresse.

Entre eux le désir était toujours aussi brûlant, mais cette fois ils partageaient également une foule d'autres choses. L'harmonie ne régnait pas seulement entre leurs corps. Leurs cœurs battaient à l'unisson et leur complicité était totale.

Chaque jour ils faisaient de longues promenades, main dans la main, échangeant des confidences ou confrontant leurs points de vue. Intarissables, ils abordaient tous les sujets, des plus sérieux aux plus futiles.

Ils riaient beaucoup et apprenaient de nouveau à se connaître, aussi confiants et démonstratifs qu'au cours de leur premier été sur l'île.

L'amour illuminait leur vie, à la fois éperdu et

paisible, tendre et passionné, toujours un peu plus profond chaque jour.

Ils quittèrent l'île au bout de deux semaines, et ce fut seulement un mois plus tard, de retour à Île d'Montagne, qu'ils découvrirent qu'Amalia était enceinte.

Joaquin aimait bien la maison qu'elle s'était achetée, mais il voulait disposer de plus d'espace. Il avait donc acquis les deux propriétés voisines et pris contact avec des architectes pour concevoir leur maison familiale idéale.

L'île était pour lui une base aussi pratique que n'importe quel autre lieu pourvu d'un aéroport. Il continuait de voyager à travers le monde pour ses affaires et se rendait à Londres à chaque fois que nécessaire.

— Tu ferais bien de prévoir une chambre d'enfant, lui conseilla Amalia un après-midi.

— C'est prévu, répliqua-t-il avec un de ses regards étincelants qui ne manquaient jamais de la faire vaciller sur ses jambes. Je t'ai dit que je voulais des enfants. Tes enfants. Je ne reviens sous aucun prétexte sur ma parole, *cariño*.

— Je n'en ai nullement douté. C'est juste que, cette chambre, nous allons en avoir besoin bientôt.

Elle posa les mains sur son ventre avant d'ajouter :

— Dans huit mois environ.

Sans surprise, Joaquin la prit dans ses bras et la fit tourbillonner avec un rire joyeux.

Quelques instants plus tard ils faisaient l'amour avec fougue sur le canapé. Au cas où elle ne serait pas tout à fait assez enceinte…

Leur fils naquit un mois avant que Delaney donne le jour à une fille aux cheveux noirs et aux yeux bleus. La nouvelle héritière de la couronne.

Delaney et Cayetano appelèrent la petite princesse Catarina Amalia. En l'honneur de deux des femmes les plus fantastiques de sa connaissance, précisa Delaney.

Avec le temps, Amalia donna le jour à trois autres garçons, tous plus délicieusement voyous les uns que les autres.

L'homme de sa vie, qui longtemps auparavant avait décidé de ne jamais avoir d'enfants, était un père si merveilleux qu'elle en avait souvent les larmes aux yeux. Pourquoi n'en était-elle pas surprise ?

Lorsque l'aîné des Vargas, le très rebelle Roderigo, portrait craché de son père, épousa la princesse Catarina, Amalia et Delaney arrêtèrent de dire qu'elles étaient « un peu sœurs à leur manière ».

Parce qu'ils formaient bien tous une véritable famille.

— Si c'était à refaire, je ne changerais rien du tout, dit un jour Amalia à sa première petite-fille, dans la chambre d'enfant du palais qu'elle avait occupée elle-même bien des années plus tôt.

En levant les yeux, elle découvrit que Joaquin était là. Il la regardait comme il le faisait toujours.

Avec amour.

L'amour qui débordait de son cœur et se lisait sur son visage.

Un amour mutuel qu'ils avaient cultivé, nourri et embelli jour après jour.

Vous avez aimé ce roman ?
Retrouvez en numérique l'intégrale de votre série
« Royalement scandaleuse » de Caitlin Crews :

1. *La princesse du Kansas*
2. *La souveraine déchue*

Retrouvez prochainement,
dans votre collection

# AZUR

**L'héritière et le don Juan, de Caitlin Crews - N°4598**

Alors qu'elle assiste à la lecture du testament de son père, Annika voit son pire cauchemar devenir réalité. Pour garder Schuyler House, la demeure familiale remplie d'œuvres d'art et d'antiquités qu'elle adore, elle doit se marier. Et pas avec n'importe qui ! Celui qu'on lui destine n'est autre que Ranieri Furlan, l'associé de son père. Un puissant magnat qui tire de ses succès une arrogance inimaginable. Le dernier homme sur Terre auquel elle souhaiterait être liée…

**Le prince vengeur, d'Emmy Grayson - N°4599**

Barmaid dans la petite ville de Nowhere, Briony mène une vie monotone. Du moins, jusqu'à l'arrivée d'un magnifique étranger pour lequel elle ressent un coup de foudre immédiat. Mais son trouble se transforme en sidération quand il se présente : Cassius Morgan Adama est prince du Tulay. S'il est là, c'est pour lui révéler qu'elle est fille de roi, l'héritière cachée des Van Ambrose – et sa future épouse ! D'abord conquise par ce conte de fées, Briony déchante vite. Cassius lui propose un mariage qui servira ses sombres desseins de vengeance…

**Une secrétaire à séduire, de Kim Lawrence - N°4600**

Afin de conclure l'affaire de sa vie, Ezio Angelos est prêt à tout, et même à convaincre Matilda, son assistante personnelle, de l'accompagner durant six mois en Grèce… en tant qu'épouse ! Ce mariage de convenance leur sera profitable à tous les deux et restera strictement professionnel, lui assure-t-il sans trop y croire. Saura-t-il en effet résister au charme de sa délicieuse secrétaire s'ils troquent leur salle de conférence habituelle pour une suite nuptiale ?

**Désir du désert, de Lela May Wight - N°4601**

Malgré tous ses efforts, Akeem n'est pas parvenu à oublier Charlotte, son amour de jeunesse. Maintenant qu'il s'apprête à monter sur le trône de Taliedaa, il se rend à Londres où ils se sont connus tous deux avec la ferme intention de clore le chapitre de son passé. Et pour y parvenir il sait exactement ce dont il a besoin : une nuit avec Charlotte. Leurs retrouvailles sont houleuses, mais c'est avec la certitude d'agir pour le mieux qu'il propose à Charlotte de vivre une passion débridée avec lui, dans son palais du désert…

**Ce parfum d'interdit, de Michelle Douglas - N°4602**
Marjorie Mabel ne connaît que trop bien la querelle assassine qui oppose sa famille à celle des Constantinos. Les deux empires hôteliers se déchirent depuis toujours sur fond de secrets de famille. Hélas, aujourd'hui que sa sœur jumelle a disparu, elle n'a d'autre choix que de solliciter l'aide de Nikos Constantinos pour la retrouver.

**Le roi qu'elle aimait, de Natalie Anderson - N°4603**
Le destin pouvait-il se montrer plus cruel ? Tandis que l'avion qui devait la ramener chez elle est dévié pour urgence médicale, Elsie comprend que sa destination improvisée ne lui est pas inconnue. Cette île, ces belles villas nichées au creux des falaises, cet imposant palais défiant les éléments… elle ne les reconnaît que trop bien. Il s'agit de Silvabon, le paradis méditerranéen où elle a connu l'amour, puis le désespoir. C'est là en effet que réside Felipe, l'homme qu'elle a follement aimé et souverain du royaume…

**Le scandale de minuit, de Kate Hewitt - N°4604**
Héritier des palaces Rossi, Alessandro ne supporte pas de voir leur vénérable image s'étioler avec les années. Pour redonner un souffle nouveau à son empire, il est prêt à tout, et même à conquérir une influenceuse futile. Or c'est la sœur de cette dernière qui l'attire étrangement. Liane Blanchard est pourtant une discrète professeure de français qui n'appartient pas au même monde que lui. Que pourrait lui apporter cette innocente créature ? Rien, si ce n'est peut-être le frisson de la conquête…

**Séduite par un Vénitien, de Lucy King - N°4605**
SÉRIE : *LES FILS PERDUS D'ARGENTINE* - 2/3
Experte en relations publiques, Carla Blake ne se laisse guère impressionner par les hommes puissants. Une règle dicte d'ailleurs sa ligne de conduite : les tenir à distance. Pourtant, lorsqu'une mission la contraint à côtoyer Rico Rossi, elle sent ses résolutions vaciller. Ce loup solitaire est le plus beau spécimen masculin qu'elle ait jamais rencontré, mais le plus redoutable aussi. Saura-t-elle résister à son aura de séduction alors même qu'elle vient d'accepter son invitation à Venise ?

**Honneur ou scandale, de Dani Collins - N°4606**

SÉRIE : *RELATIONS PRIVÉES* - 1/3

« Je veux que vous ruiniez ma réputation. » Face à la requête de Luca Albizzi, roi de Vallia, Amy reste un moment interdite. Directrice d'une agence de relations publiques, elle a pour objectif de redorer l'image des puissants, de bâtir des épopées à la hauteur des ego de ses clients. Jamais encore on ne lui avait demandé de créer un scandale de toutes pièces ! Mais comment refuser un tel défi lancé par le plus mystérieux des hommes ?

**Le rêve d'Hermione, de Jennifer Faye - N°4607**

Voilà un an qu'Hermione a été promue directrice générale du Ludus Resort, une luxueuse station balnéaire. Or il s'agit pour elle de bien plus qu'un travail. Sur la petite île grecque, pour la première fois de sa vie, Hermione se sent chez elle. C'est donc avec angoisse qu'elle voit débarquer par une nuit de tempête Atlas Othonos, l'héritier des lieux. D'autant que ce dernier n'a qu'une idée en tête : se débarrasser de l'établissement cinq étoiles. Incapable de renoncer à ses rêves, Hermione est décidée à le faire changer d'avis, par tous les moyens…

**La trahison d'un amant, de Julia James - N°4608**

Jamais Carla n'a désiré un homme comme Cesare Di Mondave. C'est donc tout naturellement qu'elle entame une liaison avec son sublime Italien. Elle a bien conscience, alors, de piétiner toute prudence. Son amant est un séducteur, et leur relation ne manquera pas de déchaîner la rumeur. Mais comment résister à l'appel des sens ? Bientôt, hélas, Carla comprend que la situation lui a totalement échappé. Car elle a eu la folie de tomber amoureuse de Cesare, qui est sur le point d'en épouser une autre…